O ESTUDANTE

**Baseado na história de
uma geração em conflito**

O ESTUDANTE

A. Carraro

Baseado na história de uma geração em conflito

Ilustrações
Mauricio Paraguassu
Dave Santana

© **Global Editora,** 1992

52ª Edição, Global Editora, São Paulo 2025

Jefferson L. Alves – diretor editorial
Flávio Samuel – gerente de produção
Mauricio Paraguassu e Dave Santana – ilustrações de miolo
Equipe Global Editora – produção editorial e gráfica

Dados Internacionais de Catalogação na Publicação (CIP)
(Câmara Brasileira do Livro, SP, Brasil)

Carraro, A.
 O estudante / A. Carraro ; ilustrações Mauricio Paraguassu,
Dave Santana. – 52. ed. – São Paulo : Global Editora, 2025.

 ISBN 978-65-5612-759-0

 1. Literatura infantojuvenil I. Paraguassu, Mauricio. II. Santana,
Dave. III. Título.

25-266624   CDD-028.5

Índices para catálogo sistemático:

1. Literatura infantojuvenil   028.5
2. Literatura juvenil   028.5

Cibele Maria Dias - Bibliotecária - CRB-8/9427

Obra atualizada conforme o
NOVO ACORDO ORTOGRÁFICO DA LÍNGUA PORTUGUESA

Global Editora e Distribuidora Ltda.
Rua Pirapitingui, 111 – Liberdade
CEP 01508-020 – São Paulo – SP
Tel.: (11) 3277-7999
e-mail: global@globaleditora.com.br

grupoeditorialglobal.com.br   @globaleditora
blog.grupoeditorialglobal.com.br   /globaleditora
/globaleditora   @globaleditora
/globaleditora   @globaleditora

Direitos reservados.
Colabore com a produção científica e cultural.
Proibida a reprodução total ou parcial desta
obra sem a autorização do editor.

Nº de Catálogo: **1024**

NOTA DA EDITORA

A obra em prosa de Adelaide Carraro surpreende, primeiramente, pelas suas dimensões. Entre autobiografias e romances, a escritora paulista publicou ao longo de três décadas de carreira literária mais de 40 livros. Para além da quantidade, há que se destacar igualmente a inquestionável popularidade deles, muitos inclusive com seguidas reimpressões.

Em *O Estudante*, narrativa de Carraro que a Global Editora tem a ventura de manter viva junto ao público leitor, a autora expõe os desafios de uma família que é fortemente impactada quando um de seus membros trava contato com entorpecentes, uma realidade presente em muitos lares em todo o mundo. E, ao mesmo tempo em que a obra compõe em seu enredo uma grave situação de adversidade familiar, constrói a trama levando em conta que todo o círculo de pessoas afetado pelo problema das drogas merece compreensão e acolhimento. O livro é, assim, mais uma prova de que a literatura produzida por Adelaide Carraro sempre esteve antenada em representar dilemas fortes e incômodos vividos por nós. Talvez por isso – por esta habilidade de ficcionalizar cenas de um mundo real – suas narrativas sempre foram marcadas pela polêmica, visto que a autora maneja suas personagens para jogar luz sobre os choques que se dão nas relações humanas em seu dia a dia.

Com o intuito de proporcionar ao leitor a chance de "espiar pelo buraco da fechadura" e enxergar os embates sociais que expõem as agruras e injustiças que nos assolam, convidamos o leitor a mergulhar neste livro impactante de Adelaide Carraro, confiante de que tal exercício o fará refletir sobre o nosso tempo, o que é, sem sombra de dúvidas, uma das funções de toda boa criação literária.

O amor a Deus se manifesta e se estrutura no amor ao próximo. Amando ao próximo como a mim mesma é que peguei na caneta para escrever este livro que, tenho a certeza, agirá como uma arma que arrancará de sua mão, meu estimado jovem, qualquer objeto que queira levá-lo ao vício das drogas. Acabando de ler *O Estudante*, você o usará como escudo contra as ciladas que o traficante de drogas constrói em cada pátio, em cada corredor, em cada esquina, em mil outros lugares, por onde *você* tem necessidade de passar todos os dias.

Um abraço,
Adelaide Carraro

LEIA, POR FAVOR

A CAMPAINHA tocou.

Atendi.

O menino ricamente vestido disse:

— Adelaide Carraro?

— Sim.

— Meu nome é Roberto. Sou filho do Dr. Rubens Lopes Mascarenhas. Não sei se a senhora teve conhecimento da grande tragédia que abalou minha família.

— Li tudo a respeito, Roberto, e sinceramente senti muito.

— Dona Adelaide, eu...

— Tire o dona, tá?

— Obrigado. Bem, Adelaide, eu preciso muitíssimo de você.

— Então vamos conversar lá dentro.

— Meu chofer também pode entrar?

— Claro.

Ele ali sentado na minha frente, com os olhos brilhantes de lágrimas e a voz embargada, começou a falar:

— Estou só, me sinto tão só. Não sei a quem recorrer. Meu mestre está morto, meu irmão está morto, meu pai não sai do quarto de meu irmão, minha mãe está internada em uma casa de saúde. Sinto-me sufocar. Não tenho frequentado o colégio, não vou ao clube, não saio. Juro que a vida acabou para mim. Acabou aos 15 anos.

O que dizer a uma criança que soluça desesperada na sua frente, depois de saber que essa mesma criança assistiu a coisas horríveis, tremendamente horríveis? E as palavras vieram firmes e claras:

— Roberto, você não está só. Deus está com você. Deus, na sua infinita misericórdia, fortificará seu espírito e o espírito de seus pais. Você fará todos suportarem essa grande dor. Você me procurou e prometo fazer tudo para ajudá-lo. Fale sem acanhamento. Serei sua amiga. Agora deixe-me enxugar seus olhos. Pronto... Assim... Vou mandar servir um cafezinho.

Ele, mais calmo, continuou:
— Adelaide, você me fez recordar que existe Deus e em nome Dele eu lhe peço: faça chegar a todas as casas do Brasil esta carta. Juro que·eu a escrevi quase cego de dor, mas, o dia em que eu souber que todos os estudantes do Brasil fazem de minha carta uma arma contra os traficantes de drogas, voltarei a ser um jovem feliz.

Roberto Lopes Mascarenhas, este livro é seu.
Peço-lhe que volte a me procurar, pois desejo encontrar em seu semblante a felicidade que o envolveu depois de saber que os estudantes já levantam na mão a arma contra a droga. Arma fabricada por você: este livro.

Meu abraço,
Adelaide Carraro
São Paulo, julho/75

PARTE AZUL

O ESTUDANTE

MEU NOME É ROBERTO. Tenho 15 anos. Estou escrevendo a vocês porque preciso desabafar a grande dor que me queima lá dentro. Poderia desabafar com um parente qualquer. Mas a mágoa é grande demais, tão grande que transborda de meu coração e enche o universo. Então fiquei horas e horas em meu quarto, indo de um lado para outro, num desespero sem fim, até que uma luz clareou meu cérebro: a ajuda só poderia vir dos colegas de todos os colégios de meu país. Então sentei-me e comecei a lhes escrever. Vocês, por favor, perdoem a letra trêmula que não vem de meu estado emocional, mas sim da terra úmida nas minhas mãos, apesar de já fazer horas que as enchi e ainda não tive coragem de jogar sobre o caixão de meu irmão.

Nem sabia que se precisava jogar terra em cima de um caixão de defunto. Uma de minhas tias falou baixo, bem junto de meu ouvido:

— Jogue um punhado de terra sobre o esquife de Renato, Roberto.

— Terra?!

— Rapidinho, pois os coveiros só estão esperando a sua mãozada para começarem a enterrar o Renato.

Enfiei as mãos no monte de terra e as levantei cheias, esticando-as para aquele buraco horrível, onde jazia o caixão branco, com orlas de ouro, contendo o corpo de meu irmão. Mas não consegui abri-las. E, apertando, apertando a terra, saí correndo do cemitério, com o meu pai no meu encalço. Ainda está bem aqui dentro de meu ouvido a sua voz sufocada:

— Perdoe-me, meu filho, fui obrigado a matar seu irmão.

Meu irmão está morto, meu pai tornou-se um assassino e minha mãe está em estado de choque, internada em um hospital, e eu, sem saber se encontraria alguém com quem partilhar amargura tão grande. E Deus me deu você, estudante. Sabe por que eu digo isso? Lógico que você não saberá, se não ler minha carta até o fim. Só então você encontrará a resposta.

CAPÍTULO 1
MINHA CASA

NASCI NUMA LINDA casa térrea. Ficava bem no meio de uma bela relva verde, cercada de grades bem altas, pintadas de preto. No fundo do gramado havia uma porção de grandes árvores, com bancos embaixo, que no inverno ficavam cobertos de folhas. Perto das árvores, uma imensidão de roseiras que eram as queridinhas de Renato.

Havia também outras plantas de flores ao redor de toda casa e ao redor de toda grama, bem ao pé da grade.

No dia em que nasci, a única preocupação de meus jovens pais era a piscina.

Ela ficava bem perto das árvores e qualquer ventinho trazia centenas de folhas caídas na água azul da piscina. Só isso, sim, só isso aborrecia os meus queridos pais, pois eles eram felicíssimos.

Papai tinha 26 anos. Alto, encorpado, musculoso, cabelos loiros, olhos verdes. Era engenheiro, filho de tradicional e rica família paulista. Meu avô tinha deixado uma boa fortuna que ele administrava com inteligência e muito trabalho. Mamãe tinha 25 anos. Bonita, alta, cabelos prateados. Até hoje é linda. Tão linda que parece uma fada. Meu irmãozinho, Renato, e eu, nascemos com cabelos castanhos. Puxamos meus avós maternos.

Naquele dia, quando papai pegou Renato no colo e me mostrou, através do vidro do berçário, ele ficou louco de alegria, gritando e chorando que queria o seu nenezinho. E quando cheguei em casa ele quis que meu bercinho ficasse bem perto de sua caminha só para ficar me olhando, olhando sem parar. Puxa, como Renato ficou contente com meu nascimento. Para todo mundo que vinha me visitar ele corria e abria a porta antes da empregada e dizia:

— Venha ver o meu nenezinho.

E era o dia inteiro, o mês inteiro, o ano inteiro, meu nenezinho para cá, meu nenezinho pra lá. Assim íamos crescendo unidos e nos adorando.

Lembro-me tão bem quando fomos com mamãe para a matrícula de Renato no colégio. Papai e mamãe passaram um tempão pesquisando o melhor colégio e a escolha caiu no Rio Negro, um dos mais caros do Brasil. Aquele dia, o primeiro dia de aula para Renato, foi o primeiro dia em que o vi de mau humor. Não queria ir à escola. Mamãe o agradou de mil maneiras, mas ele não concordava de modo algum.

— Eu não quero me separar da senhora.

Aí mamãe sentou-se em um sofá, colocou Renatinho no colo e lhe disse:

— Meu anjo, você não vai se separar da mamãe. Vai ficar na escola algumas horas para aprender a ler, escrever, desenhar, fazer uma porção de coisas que você gosta. Ontem fui conhecer a sua professora. Ela é um amor, boazinha, bonita, sorridente e educada. Disse-me que terá grande prazer dela ser sua professora.

— Mas a senhora pode ser a minha professora. A senhora disse que não deixaria ninguém pôr as mãos em mim, sem ser o papai, a vovó e a senhora.

— Mas, meu filhinho, a escola é a continuação da sua casa, e a professora nestas horas será a sua segunda mãe. Na escola, a professora é mais valiosa que o papai, a mamãe, a vovó.

— Mas eu tenho medo da escola.

Minha mãe apertou Renatinho nos braços e o beijou por todo o rosto.

— Filhinho, que é isso? Um menino de 7 anos com medo de escola?! Você acha que a mamãe o aconselharia a ir à escola se a escola fosse alguma coisa má, se fosse alguma coisa que pudesse prejudicar um fio de cabelo do meu filhinho? Se a mamãe e o papai querem que você vá à escola é porque confiamos na escola.

— Mas e se lá tiver um menino grandão e me bater?

— Lá só tem meninos de famílias ricas, finas e cultas, meu filho, ninguém irá bater em você.

— Mas se bater?

— Você conta para a professora.

Neste momento, a empregada avisa a mamãe que o carro do colégio já estava na porta esperando o Renato.

— Vamos, filhinho, o ônibus está cheinho de crianças. Vamos.

Mas Renatinho começou a espernear e a gritar.

— Só vou se o Roberto for comigo.

— Mas ele é pequeno ainda, Renato. Quando Robertinho tiver 7 anos, prometo que o colocarei no mesmo colégio. Vamos, pegue a mala e a lancheira. Olhe que lancheira linda a mamãe comprou!

— Não quero lancheira, não quero nada e não vou à escola.

— Escute, filhinho, e se a mamãe for com você?

Renato parou de chorar.

— Com a senhora eu vou.

Mamãe, então, pegou na mão de Renatinho, e eu fiquei na janela vendo-a entrar no ônibus, sentar-se no banco. O Renatinho não desgrudava dela um minuto. À tarde, quando voltou, ela ensinou as lições a Renato. E à noite, quando papai chegou, ficaram os dois, papai e mamãe, conversando na sala. Vovó levou meu irmão para dormir mais cedo, pois ele não tivera um dia muito bom.

— Sabe, Rubens, precisei acompanhar o Renato ao colégio e ficar junto dele durante toda a aula. Nem no recreio ele quis me largar. Segurava o tempo todo o meu vestido com as duas mãozinhas. Foi muito estranho.

— Já lhe disse, querida. Você mima demais as crianças. Renato tem empregados para tudo. Você obriga até a sua babá a amarrar seus sapatos. No outro dia, à mesa, Renato deixou cair o guardanapo, e chamou a copeira para pegá-lo. Penso que poderíamos criar nossos filhos impondo-lhes pequenas responsabilidades. Por exemplo, guardar suas próprias roupas, seus sapatos, seus brinquedos. Todos os dias deveríamos impor-lhes pequenas tarefas, como: apanhar folhas secas que caem no gramado e na piscina, ou regar as plantas, não digo todas, mas um terço ou um quarto do jardim. Com pequenas coisas assim eles se sentiriam responsáveis.

— Mas eles são tão pequenos, e depois nós temos tantos criados.

— Mas é quando ainda são pequenos que devem aprender. Eu lhe disse para pôr o Renatinho no pré-primário. Você ficou com pena. Você me disse que ele era muito pequeno para entrar no mundo dos estranhos. Disse-me que seria doloroso a sociedade lhe tirar dos braços uma criancinha de quatro anos. Roberto, se não o criarmos diferente, vai ter os mesmos problemas.

Mamãe começou a chorar.

— Não chore, querida. Ele tem que compreender que terá de se separar por algumas horas da mãe, para seu próprio bem.

— Mas ele não quer. Sofreu tanto. O que devo fazer? Acho que vou consultar um psicólogo.

— Que psicólogo, que nada, Lídia. Dê-lhe umas palmadinhas e o deixe na sala de aula.

Mamãe pôs as duas mãos na cabeça.

— Meu Deus, que disparate! Não fale uma coisa dessas! Eu, dar um tapa em meu filho, eu, eu? Criança não deve apanhar. Temos que conversar, conversar muito. Diálogo, diálogo é o importante.

Papai riu.

— Umas palmadinhas não fazem mal a ninguém.

— Mas você sabe que isso nunca farei.

— Então, deixe-o aos cuidados da professora.

NO DIA SEGUINTE, na hora em que o micro-ônibus chegou, mamãe me convidou a acompanhá-la para levar Renatinho ao colégio.

Lá no colégio mamãe chamou a professora e, quando ela chegou, mamãe estava tão comovida que a voz saiu trêmula.

— Mestra, entrego-lhe meu filhinho.

A professora disse:

— Gosto que me chamem de mestra. Lembro-me do tempo em que estudava no interior. Lá era só mestra. Mas pode ir sossegada, dona Lídia. Confie em mim.

Renatinho se agarrou à saia da mamãe e foi um deus nos acuda. Todos nos rodearam falando isso e aquilo até que eu disse:

— Mestra, mestra...

Todo mundo ficou olhando para o chão, pois eu era tão pequeno que parecia estar em um poço de pernas e por mais que esticasse a cabeça não conseguia ver direito a cara daquela gente. Fui suspenso no ar por um professor e a mestra disse:

— Que é, benzinho?

— Mestra, posso ficar com o Renatinho? Tenho 5 anos, mas sou forte e inteligente. Ontem eu vi a lição de Renatinho e achei fácil. É só fazer bolinhas e risquinhos.

Todos bateram palmas e eu fiquei na mesma classe que o Renato e no mesmo banco que ele.

Naquela noite meu pai me abraçou e disse:

— Estou orgulhoso de você, Robertinho. Amanhã os levarei ao colégio, se o diretor consentir, e se você conseguir acompanhar os meninos de 7 anos, já ficará matriculado.

CAPÍTULO 2
A PRIMEIRA PROFESSORA

E FOI ASSIM QUE, aos 10 anos, eu já estava na primeira série ginasial, junto com meu irmão que tinha 12.

Engraçado que, no primeiro dia de aula no ginásio, Renato foi o cabeça de tudo. Logo de manhã, pulou da cama e correu para o quarto de meu pai, gritando:

— Mamãe, ei mamãe, acorde logo. Hoje é dia de matrícula. Se a senhora não puder ir, eu mesmo resolverei tudo.

Papai riu.

— Assim é que se fala, meu filho. Cabeça erguida, peito levantado, um sorriso nos lábios e o cérebro só com bons pensamentos.

Olhou para mamãe e batendo-lhe de leve no rosto continuou:

— Aí está meu filho, a continuação dos Lopes Mascarenhas. Vá, Renato, leve seu irmão e resolva os seus problemas do colégio. Parabéns, filho. Parabéns por ter tomado esta decisão.

Renato estufou o peito.

— Para começar, papai: um cheque para a matrícula e os materiais escolares. Eu mesmo irei descontar o cheque.

Mamãe pulou da cama e gritou.

— Não, isso não. Rubens, por favor proíba esse menino de ir sozinho ao banco. Você sabe, esses assaltantes, esses trombadinhas. São Paulo está infestada de marginais.

— Não se preocupe, mamãe. Se eu for assaltado, prometo que não reagirei. Deixo levarem tudo. Está bem assim?

— Mas que ideia, Lídia?! Também não é assim, não. O menino precisa ser ele mesmo. Deixe-o se libertar da saia materna. Pegue lá o cheque e boa sorte. Lembre-se só de uma coisa, Renato.

Neste momento, eu entrei e disse:

— Posso escutar o que o senhor vai dizer ao Renato?

— Claro, meu filho. Ia falar ao seu irmão como falo a você também. Lembrem-se de uma coisa: na rua também há deveres que toda pessoa educada deve cumprir. Vocês, por exemplo, vão hoje pela primeira vez enfrentar uma avenida São João, uma rua São Luís, uma Barão de Itapetininga, cheinhas de gente apressada. Vocês devem tomar cuidado para não dar encontrões nas pessoas. Se vocês se defrontarem com uma pessoa idosa ou aleijada, cedam-lhe a passagem. Se encontrarem uma criança ou uma pessoa incapaz, deem a mão ou o braço e a ajudem a atravessar a rua. Se virem alguém caído na calçada, chamem uma ambulância ou avisem um policial. Nunca devem rir, se encontrarem uma pessoa defeituosa. Ajudem o que cai a se levantar. Não falem e não olhem para as pessoas rindo. Não corram e não gritem. Se virem uma briga de duas crianças, procurem separá-las e se for uma briga de adultos, afastem-se e sigam o seu caminho. Se encontrarem algum animal abandonado, procurem protegê-lo. Tragam-no, se for necessário, para casa. Trataremos dele. Se não pudermos mantê-lo, o encaminharemos para um lugar seguro. Tomem cuidado ao atravessar a rua. Enfim, meus filhos, vão para a rua e a conheçam. Usem-na e a respeitem, ela é de vocês e nossa e de todos os brasileiros.

— Puxa, pai, que sermão bonito! Sabe o que você deveria ser, em vez de engenheiro? Orador! — Renatinho falou rindo. — Olhe, papai, vamos seguir, tintim por tintim, os seus conselhos. Agora, Roberto, marche para a rua. Um, dois, um, dois, tchau, mamãe. Renato jogou um beijo na ponta dos dedos para a mamãe e eu vi seus olhos se encher de lágrimas.

FOI UM DIA MARAVILHOSO. Nunca mais vou me esquecer. O centro da cidade estava cheio de gente indo e vindo, cruzando, descruzando. Buzinas, apitos de guardas. No banco, os funcionários sorridentes. As livrarias apinhadas de crianças acompanhadas dos pais, escolhiam esse ou aquele livro, caneta, lápis, pastas, papéis, réguas, compassos, enfim, tudo de que precisa um estudante. Renato e eu tomamos um táxi com os braços entulhados de pacotes. Ao chegarmos em casa, o abraço de mamãe, e durante o almoço as mil e uma novidades.

Como eu achei linda a cidade, andando assim com meus próprios pés. Lembro-me tão bem daquele dia. O sol estava iluminando todos os prédios e o azul do céu azulando todas as pessoas. Lindo! Íamos pela rua 24 de Maio, tão tranquila, pois agora ela virou rua só de pedestres. Numa *bonbonnière* na Barão de Itapetininga, compramos uma caixa de quadradinhos coloridos de geleia para a mamãe.

— Moça, coloque uma fita bem bonita, de cor azul.

Numa floricultura, na praça da República, compramos uma orquídea, dessas que vêm dentro de caixa plástica, também com uma linda fita.

— É para a nossa primeira professora, Roberto!

DEPOIS, À TARDE, fomos para o colégio. Pagamos a matrícula e Renato com a orquídea foi em busca da mestra.

Nem se podia andar dentro do colégio, tanta gente, meninada, pais e professores.

Senti alguém tocar em meu ombro.

— Olá, Roberto, onde está seu irmão?

Era nossa professora do primário.

— Ali, professora. A senhora quer que eu o chame?

— Sim, meu bem.

— Ei, Renato!

Renato voltou-se. Nunca sentira que ele crescera tanto como naquela hora. Estava alto, corado, com os cabelos bem penteados e os olhos brilhantes como o sol que estava lá fora. Ele veio chegando, alegre, muito alegre mesmo.

— O que há, Roberto?

— A nossa primeira professora.

— Então, Renato? Vamos agora por caminhos diferentes. Você e Roberto terão outros professores. Talvez nunca mais nos vejamos.

Senti uma tristeza tão grande na alma que pulei nos braços da nossa professora e a beijei muito e chorei. Nunca pensei que a minha professora fosse tão importante para mim como quando senti que, depois de quatro anos junto dela, teria que ficar com outros professores.

— Por que não podemos ir para a sua classe, professora?
Ela, apertando-me nos braços, disse:
— Porque sou do primário, meu bem. O ginásio fica no outro prédio, com outra entrada. Por este portão só entrarão os pequenos, os do primário.
— Professora, por favor, leve-nos para visitar a "nossa" sala, onde fomos tão felizes com a senhora — pediu Renato.
Renato andou pela grande sala, de largas portas, que davam para um corredor amplo e comprido, por onde todos os dias dos quatro anos passávamos na maior algazarra, na maior alegria. Parando bem junto à mestra, falou:
— Mestra, nunca mais vou esquecê-la. A senhora foi tão boa que ficará na minha mente, com este seu lindo rosto, alegre e cheio de felicidade. Juro que a considero minha segunda mãe.
Os olhos da mestra estavam rasos d'água e as lágrimas começaram a descer. Renato continuou:
— Sabe, professora, vou fazer a minha primeira comunhão dia 15. Todos os meus colegas irão acompanhados das mães e eu pedi à minha que permitisse que eu fosse acompanhado da pessoa de quem eu guardo a mais bela recordação.
— E qual é a mais bela recordação, meu bem?
— É a minha primeira professora. Foi ela que levou para o meu cérebro, ou melhor, abriu a minha inteligência e fez-me aprender tantas coisas boas. Aprendi a ler e dentro dos livros a encontrar mundos lindos, diferentes. O livro me fez conhecer todo o universo sem sair de minha casa. Oh! Professora, como é gostoso saber ler! Depois a senhora me incentivou tanto, teve tanta paciência comigo que, depois de quatro anos, minha mãe me recebeu em seus braços, forte, confiante e corajoso. A senhora não faz ideia de como foi bom para mim seu carinho e sua ajuda, para me libertar da minha grande timidez. Por isso, mestra, desejo do fundo de meu coração me apoiar em seu braço para chegar aos pés do altar e receber Jesus, pela primeira vez.
A mestra e meu irmão ficaram se olhando calados, emocionados.
Então eu tirei a orquídea lilás da mão de Renato e disse:
— Essa flor é para a senhora, professora.
— Deus os abençoe, queridos, e será uma grande alegria para mim, Renato, ser a sua acompanhante na sua primeira comunhão.
— Adeus, mestra.
— Até domingo, lá na igreja.

LOGO NO PRIMEIRO dia de aula fiquei gostando de todos os meus professores, mas não gostei dos alunos.

Houve uma mudança nas classes e os meus colegas do primário foram espalhados por outras salas.

Do primário, em nossa sala, só ficamos Renato, um menino chamado Milton e eu.

Os outros 47 alunos eram grandes, com mais de 14 anos.

Logo no primeiro contato com eles vi que eram petulantes, sabidos, atrevidos e farristas, não levando nada a sério.

Quando Renato e eu fomos cumprimentar, na mesa, o velho mestre, eles caíram na risada e começaram a nos remedar.

— Ai, ai, mestre. Falava-se mestre no tempo de D. Pedro I.

— Que D. Pedro, falava-se mestre mil anos antes de Cristo.

O professor saiu da mesa e andou de mãos para trás, fitando um por um, com o rosto vermelho. Mandou que um aluno, o mais atrevido, aquele que falou do tempo de Cristo, se levantasse e disse, sério:

— Seu nome, por favor?

Ele, olhando no rosto do professor, e rindo:

— O meu nome, o de minha família, ou meu prenome?

— Seu nome.

Ele, rindo sempre:

— Mário.

— Então, diga-me, Mário, mil anos antes de Cristo, quem governava o mundo?

— Sei lá.

— Então me responda. Em que dia Cristo nasceu?

— Sei lá.

— Responda: Cristo era filho de um carpinteiro?

— Sei lá.

O professor continuou andando e disse:

— Pelo visto, meus jovens, o aluno Mário está atrasadíssimo em suas ideias a respeito de Cristo. Por isso, disse a grande besteira que vocês ouviram. Agora, levante-se você, você que falou em D. Pedro I. Diga-me o seu nome.

— Antônio Marcos.

— Responda-me, Marcos: Quem foi D. Pedro I?

— Me esqueci.

— Esqueceu?

— É. Esqueci, ele não é de minha patota.

O professor parou em frente à classe e, nos fixando, elevou a voz.

— Meus jovens. Vocês já imaginaram como será esse ano para vocês aqui nesta classe, se alguns alunos como Mário e Antônio Marcos continuarem a falar tudo o que lhes vem à cabeça? Gostaria de começar bem o ano, com alunos educados e respeitadores. Também quero que saibam que eu usarei com vocês métodos de educação de meu tempo. Por isso, peço ao Mário e ao Marcos que prestem bem atenção no caso que aconteceu no meu primeiro dia de aula no ginasial. Meu mestre, um homem de seus 40 anos, alto, encorpado, com grandes e límpidos olhos azuis, chegou na classe, foi até a sua mesa e esperou que os alunos fossem cumprimentá-lo. Naquele tempo, o mestre era tão respeitado como um pai ou uma mãe. Fomos um a um dar-lhe a mão. Ele sorria e desejava que todos fôssemos amigos, nos amando e nos respeitando, já que todos os dias teríamos que passar horas seguidas juntos. — Um dos meninos ria e fazia caretas, enquanto a voz do mestre enchia a sala. O mestre foi até ele e disse:

— Quantas vezes você já fez caretas para seus pais e quantas vezes você caçoou deles?

O menino abaixou a cabeça e ficou calado.

— Responda-me, filho.

— Nenhuma.

— Então não faça mais isso aqui na classe. Nós também somos uma família. — Assim falando, o professor voltou-se e começou a escrever na lousa, e o aluno que o tinha desrespeitado foi até ele e falou alto:

— Mestre, peço-lhe que me perdoe.

O professor pegou-lhe o rosto entre as mãos e num gesto de ternura beijou-lhe a testa.

Quando o professor terminou de narrar este fato, houve um profundo silêncio na sala. Mas eu vi que muitos tinham nos lábios um sorriso de deboche.

Na hora do jantar, Renato contou ao papai o que havia passado na classe, e meu pai disse que nós nunca deveríamos nos envergonhar de sermos educados com métodos antigos e o professor Mariano (esse era o seu nome) tinha razão. Na educação antiga havia mais respeito, maior união. Meu pai contou que nunca fumou na frente de meu avô, antes de completar 21 anos, e também nunca se sentou à mesa, para qualquer refeição, de camiseta ou pijama. Que nunca saiu de casa sem pedir bênção da vovó.

Essa conversa do jantar foi bem a propósito, pois, no dia seguinte, assim que nos sentamos para a aula de matemática, o professor Mariano disse:

— Meus caros alunos, pedirei àqueles que têm mãe que levantem o braço. — Todos levantaram. — Agora aqueles que têm pai. — Todos levantaram.

— Muito bem. Tenho 50 alunos que, graças ao bom Deus, têm pai e mãe. Então, meus filhos, agora levantem a mão aqueles que pediram a bênção aos seus pais quando saíram para a escola.

Renato e eu lavantamos as mãos, enquanto uma vaia saiu das 48 bocas.

— Por que a vaia? Diga-me você, senhorita Cibele.

Cibele, uma jovem morena de cabelos curtos, e luminosos olhos pretos, sorriso de dentes perfeitos, lábios grossos e pele acetinada, levantou-se, exibindo um corpo bem desenvolvido para os seus 13 anos, e rindo disse:

— Ah, mestre (disse um mestre de caçoada que fez com que todos rissem), isso é caretice! Na hora em que saio para a escola, minha nobre mãe está dormindo, depois de ter passado a noite em alguma farra.

Uma gargalhada geral.

O professor ficou branco como papel.

— Continue em pé, Cibele, até eu fazê-la recordar o que é uma mãe. Qual o respeito que um filho deve a uma mãe, seja qual for o comportamento dela. Qualquer mãe, ouvindo o que você acaba de dizer, sentiria como se o coração tivesse sido varado por um punhal. Lembre-se de que sua mãe a teve em seus braços e a amamentou depois de lhe dar a vida. Lembre-se que a mãe, seja pobre ou rica, passa a noite debruçada sobre o berço do seu filho doente, com lágrimas a lhe banharem a face e com o íntimo angustiado, cheia de terror, com medo de perder o filhinho adorado. Depois da primeira noite, quantas e quantas noites se seguem? A mãe não cansa, a mãe não para. Você desrespeitou a sua mãe, Cibele! A sua mãe que tenho certeza daria toda a felicidade do mundo para que você não passasse por um leve desgosto, a sua mãe, Cibele, ou a mãe de qualquer um de vocês esmolaria um pedaço de pão para não vê-los com fome. Mãe, mãe que se coloca na frente de um assassino para não ver seu filho morto. Mãe. Se eu fosse enumerar os méritos de uma mãe, não chegariam os dias de minha vida. Por isso vou deixar no ar minhas últimas palavras. Nunca mais quero ouvir uma palavra irreverente contra qualquer pessoa que mereça nosso respeito. Se vocês não souberem respeitar suas mães, não saberão nunca respeitar a si próprios. Recomendo que todos os dias, antes de saírem de casa, peçam a bênção a seus pais e, se eles não estiverem, devem pedir a seus avós. Agora abram os cadernos.

E ASSIM PASSAMOS a primeira série, com Renato em primeiro lugar em tudo. Mas nem todos gostavam de Renato. A maioria tinha inveja dele porque reconhecia a sua superioridade. Renato tinha uma memória extraordinária. Compreendia tudo na primeira explicação. Não se esforçava em qualquer matéria. Tudo parecia já estar formado lá dentro dele. Era só passar no papel. Por isso, todos os outros alunos o procuravam para explicações e ele atendia a todos de bom grado. Quase todos os professores o davam como exemplo, até os das outras classes.

— Olhem o Renato, como é estudioso, educado e respeitador. Um jovem completamente seguro de si.

E Renato ganhou a medalha de ouro de melhor aluno do ano. Melhor em tudo. Ainda o vejo vestido de azul-marinho, com gravata e em pé, com os cabelos até os ombros, bem lisinhos, os olhos úmidos, os lábios trêmulos. Ereto e altivo.

Renato, meu irmão, como eu o admirei e o respeitei naquela hora. Como você foi importante para mim, meu irmão! Importantíssimo.

Naquela noite, subi com papai para levar o copo de leite para Renato e quando entramos no quarto papai acendeu a luz e foi até a cama de Renato, sorriu feliz quando viu a medalha presa no travesseiro.

Renato tinha um quarto grande, que dava para o lado cheio de árvores de nosso parque. Eu gostava do quarto de meu irmão, porque ele pregava na parede todas as coisas de que mais gostava e eram coisas tão lindas, que eu passava horas e horas contemplando-as. Tinha um pôster de Jesus com carneirinho no colo e outros ao seu redor. Renato dizia: — Olhe, Rober, aquele carneirinho no colo de Jesus: sou eu. E eu perguntava: — E qual sou eu? Renato escolhia, apontava com o dedo o menor carneirinho, e gritava rindo: — Você é esse, mais encaracolado. Isso quando a gente era bem pequenininho. Eu gostava também dos pôsteres de paisagens. Eram lindos. Perto das fotos de paisagens, havia três carreiras coloridas horizontais das fotos que Renato havia tirado das flores, riachos, cachoeiras, animais, enfim, um mundo de coisas. Na parede, bem na cabeceira da cama, meu irmão pendurara o coro dos anjos. Eram anjinhos feitos de prata e cada um tocava um instrumento musical, assim que se apertasse um botão elétrico. Era maravilhosa e suave a música que vinha das mãos dos anjos. Enquanto papai, emocionado, contemplava Renato dormindo com a medalha bem perto de seus cabelos castanhos, apertei o botão e a música foi envolvendo tudo devagarinho. Renato abriu os olhos e os fixou em papai, e disse sem se levantar da cama:

— Oh!, paizinho, desculpe-me. Estava tão cansado! Tive um dia tão feliz.

Papai colocou o copo de leite em cima do criado-mudo e, abraçando amorosamente a cabeça de Renato, colocou a sua sobre o coração dele e disse:

— Abençoado sejas, filho, pois trazes tanta felicidade para o nosso lar.

Renato se desprendeu e fitando papai retrucou:

— Prometo, papai, que, para ouvir essa frase tão linda, terei todos os anos uma medalha para o senhor e mamãe.

— Obrigado, filho, agora tome o leite... Isso... Assim... Deite-se...

Renato, deitado com os dois braços atrás da cabeça, fitava papai que, sentado na cama, falou:

— Renato, vou satisfazer um velho desejo seu.

Os olhos de meu irmão brilharam.

— Vamos ver se você adivinha.

Renato sentou na cama e gritou, estalando os dedos:

— Viagem à Europa!

— Exatamente.

Renato caiu nos braços de papai.

— Mas é maravilhoso!

Depois, levantando-se de um pulo, me abraçou.

— Está ouvindo, Rober? Europa! Você já pensou quando estivermos descendo no aeroporto de Orly?

— Eu vou também, papai?

— Desta vez, não...

Renato nem deixou papai terminar.

— Ah! papai, deixe Rober ir também, por favor, papai, deixe, vá?

— Está bem, Renato, o rei da casa hoje é você. E o seu desejo é uma ordem.

Papai desceu e Renato disse:

— Rober, durma comigo hoje.

Pulei de alegria. Eu gostava muito de dormir com Renato, pois ele tinha sempre algo novo para me contar.

Nessa noite, revelou-me uma coisa, que me fez rir muito.

— Sabe, Rober, acho que estou amando.

Nós estávamos debaixo da coberta e com as cabeças apoiadas no mesmo travesseiro. Assim, Renato não pôde ver a minha cara de espanto. Depois do espanto, eu achei graça e comecei a rir, a rir sem parar.

— Não vejo graça alguma. Amar na minha idade é normal. Agora, se eu fosse um pirralhinho como você...

— Mas você também ainda é uma criança para amar, Renato. Acabou de fazer 12 anos.

— Mas lá por dentro me sinto um homem, Rober.

— E como a gente sabe que está amando, Renato? Como é o amor?

— Bem, Rober, é difícil explicar, mas para mim o amor... bem, eu acho que o amor é o que eu senti na hora em que meus olhos e os de Cilene se encontraram. Eles ficaram uma porção de tempo parados nos olhos dela. Senti uma coisa estranha lá dentro do meu corpo. Depois, na hora do recreio, estávamos em uma rodinha conversando. Eu e Cilene estávamos bem pertinho. E não sei como, minha mão foi se esticando e alcançou a dela. Quando nossas mãos se apertaram, senti como se um choque elétrico corresse pelas minhas veias e fiquei tontinho. Agora todas as vezes que a vejo meu coração dispara, e só penso nela. Eu a acho tão linda! Posso olhar para todas as meninas mais bonitas do colégio, mas nenhuma se compara a ela. Eu acho o mundo mais bonito agora, Rober. Acho o sol mais amarelo, mais brilhante, o azul do céu é diferente do azul que eu via antigamente. Ele agora é de um azul rosado. E o verde, Rober? Nunca tinha reparado que aí fora, no nosso parque, as árvores, a grama e tudo tem milhares de tons verdes. Também as borboletas passearem daqui e dali, sempre de duas em duas. Nunca senti desejos de ficar sentado no meio das roseiras, prestando atenção ao zumbido dos insetos. A música mudou; agora, ela traz muita tranquilidade para minha alma e me leva a pensar só em coisas bem bonitas.

— Puxa, Renato, como é lindo o amor! Não vejo a hora de amar também.

— Você é muito criança. Só tem 10 anos. Eu acho que o amor não chega nessa idade.

— Então ele vai chegar quando eu fizer 12 anos, igual a você, não é, Renato?

— É. Eu acho que é uma idade boa.

— Agora você está pensando na Cilene?

— Estou sim. Vou dormir com ela aqui dentro de minha cabeça.

CAPÍTULO 3
VIAGEM À EUROPA E AO JAPÃO

VIAJAMOS PELO EXTERIOR durante um mês. O que mais impressionou Renato foi a ordem e a limpeza do Japão.

Uma tarde, fomos, com mamãe e papai, visitar uma grande praça no Japão. Enquanto admirávamos uma estátua, reparamos que de diversos ônibus chegava uma porção de crianças, e que assim que desciam iam ficando em fila na maior ordem, começando dos baixinhos e terminando nos mais altos, sem uma falha. Não se via uma única cabeça um centímetro sequer mais alta na frente de uma mais baixa. A fila foi avançando na mais santa ordem até um grande gramado, cheio de plantas floridas, onde todas se sentaram e lancharam, tirando a merenda de uma malinha que traziam presa às costas. Acabado o lanche, as crianças foram, ainda de duas em duas, até o parque onde havia balanços, escorregadores etc. Foi aí que Renato falou:

— Olhe para aquele gramado, papai. Quem diria que na sua relva estiveram lanchando centenas de crianças sem ao menos deixarem um cisquinho! Eu notei, papai, que todos, depois de comer, dobravam os papéis dos sanduíches, das balas, dos chocolates, juntavam as cascas de frutas e colocavam tudo na lancheira. Que beleza, hein, papai?

— Sim, meu filho, a ordem, a disciplina é muito importante.

— Ter um povo assim tão ordeiro é uma carícia para um país — acrescentou Renato.

Achei que Renato estava amando mesmo, pois estava tão românico! Via poesia em tudo!

Quando voltamos ao Brasil e descemos do avião, lá em Campinas, Renato levantou os braços e, olhando para o céu e sem se incomodar com os olhares curiosos, falou bem alto:

— O que vale mesmo é você, oh! meu céu de anil, meu Brasil. Mil Europas não valem uma árvore de seu solo! Brasil, minha terra, meu berço, eu o adoro!

Renato ria, olhando para mim.

— Gostou deste Castro Alves, hein, Rober?

— Concordo com você, Renato. Brasil é a palavra mais linda do mundo, que faz o coração da gente inchar de orgulho.

Papai:

— Ei, meus poetas, ali está o ônibus que nos levará a São Paulo.

No ônibus, Renato disse:

— Sabem de uma coisa? Papai e mamãe, essa viagem à Europa e ao Japão foi um grande presente que vocês me deram, pois assim eu pude avaliar o que representa uma pátria para o seu filho. Essa viagem fez crescer dentro de mim o meu amor pelo Brasil.

DEPOIS, PAREI no portão de casa, vendo Renato correr no jardim, chamando pelos nossos cães. O Bolão, a Tuli, a Toga e a Florzinha, nossa cachorrinha mestiça chiuaua. Quatro cães que Renato havia tirado da rua. Renato, rolando na grama, os cães latindo e pulando em cima dele e sua risada cristalina enchendo tudo.

Renato trouxe um presente para cada empregado. Não esqueceu nem do nenezinho da copeira.

— Mas como o senhor soube que eu tenho um nenê? O senhor estava viajando!

— Antes de viajar ouvi a cozinheira falando para a mamãe que o seu filhinho tinha nascido e que era um lindo menino. Por isso, lhe trouxe esse ursinho. — E para evitar agradecimentos, Renato ia saindo, dizendo:

— Espero que goste.

Como foi bom retornar à nossa casa! Vejo neste momento, depois de passados quatro anos, tudo bem igual, como aquele primeiro jantar no Brasil, depois de trinta jantares pelo exterior.

A sala de jantar toda iluminada, a mesa vestida de rendas, com as pratarias e os cristais brilhando, papai em uma cabeceira, mamãe em outra e a família toda, lado a lado. Meus avós, meus tios, tias e primos. Ainda sinto o aroma quente das rosas que desabrochavam, bem ao pé da janela! Aquela noite papai permitiu que as crianças rissem e brincassem na mesa. Até hoje, aquela cena não me sai da cabeça.

VOLTAMOS À ESCOLA.
    Logo na entrada do colégio, encontramos o professor Mariano, que nos disse:
— Então, meninos, vamos nos separar, mas espero que não se esqueçam do que aprenderam na primeira série e se lembrem de mim.
    Eu bem sabia que o professor Mariano não ia ser mais o nosso professor, mas assim mesmo senti uma dor funda em meu coração com aquelas palavras.
    Subimos para a sala da segunda série. Os olhos de Renato pousaram ansiosos sobre todas as meninas, uma a uma, e depois se voltaram tristes para mim.
— Rober, não vejo Cilene!
— Cilene pediu transferência para o Colégio Silan — disse Mário, que tinha chegado antes.
    Vi que Renato ficou branco, mas não disse nada e nem respondeu quando Mário falou:
— Que diabo representa Cilene para você?
    Renato continuou de cabeça erguida e sentou-se na carteira, esperando a apresentação do primeiro professor.
    Na hora da saída, Renato ia na minha frente com a cabeça baixa, as mãos nos bolsos, sem se importar com o empurra-empurra e as cotoveladas da meninada que vinha de todos os lados. Aí uma menina chegou perto e lhe deu um bilhete. Renato leu e seu rosto brilhou como o sol. Olhou rápido para trás e me pegando pela mão:
— Corra, Rober, preciso achar um telefone, Cilene está esperando minha chamada.
    Tentávamos correr ultrapassando os alunos. Mas o que conseguíamos era andar um ou dois passos na frente dos outros. Ele, porém, não parava de falar:
— Está vendo, Rober? Ela não me esqueceu. Oh! Rober, pensar que nunca mais iria vê-la... Oh! Até me arrepio todo. Mas Deus é tão bom para mim! Estou tão feliz!

Assim que passamos à calçada, vimos um grupo de alunos rodeando um homem caído no chão. Íamos passar direto quando ouvimos um dos meninos gritar:

— Dê outra rasteira, Mário. Vamos, ele já está se levantando.

Eu ainda segurava a mão de Renato e senti que ele parou num ímpeto e, me deixando, foi empurrando todo mundo, até chegar no meio da roda, e parando junto ao homem ainda jovem, mas maltrapilho e bêbado, que estava tentando se levantar, gritou alto:

— O primeiro que tentar dar uma rasteira neste pobre homem, tem que se haver comigo. — E assim falando Renato deu a mão ao homem, ajudando-o a se levantar. Mal o coitado ficara de pé, balançando-se daqui e dali, caiu novamente com o rosto no chão, devido a uma rasteira que Mário lhe deu.

Meu irmão voou para cima de Mário e os dois lutaram, rolando pela calçada. Muitas vezes passando sobre o corpo do bêbado que não conseguia se levantar.

Quase todos os alunos torciam para Renato e quando, por fim, ele venceu, pegou Mário pela gola e disse:

— Se você não ajudar este pobre homem a se levantar e pedir-lhe desculpas, eu continuarei a luta.

Mário fez o que meu irmão pediu debaixo de uma salva de palmas.

Corri atrás de Renato, enquanto ele me procurava, e quando cheguei perto, joguei-me em seus braços, apertando-o com todas as forças.

— Renato, como é bom ser seu irmão.

Ele sorriu, passando a mão pelo olho inchado.

— É bom, é? Então vai começar a me aturar, pois vou ficar a noite inteira resmungando porque, na briga, perdi o bilhetinho com o telefone da Cilene.

— Perdeu nada, está aqui. — Levantei o papelzinho no ar.

— Hurra, corra Rober, só faltam uns minutos para a hora que a Cilene marcou.

O orelhão vermelho na esquina cobria quase toda a cabeça de Renato. Pude reparar como ele estava alto e como suas costas estavam largas e os quadris estreitos. Puxa, Renato estava com o corpo de um homem! Ele falava e ria, alegre, comunicativo. Quando desligou, estava sério.

— Sabe, Rober, Cilene saiu do Rio Negro porque contou aos pais que estava gostando de mim. Eles a acharam muito criança para

namorar. Então resolveram que ela estudaria no Silan para me esquecer. — E seu rosto coberto de felicidade: — Mas ela me disse que, aconteça o que acontecer, nunca, nunca deixará de gostar de mim. — Oh, Rober, como estou feliz. — E Renato ia falando, falando de Cilene, enquanto voltávamos para a porta do colégio onde o chofer costumava nos apanhar. Mas, neste dia, já tinha ido embora.

Foi um custo pegarmos um táxi. E, quando chegamos, a nossa casa estava um rebuliço. Mamãe pálida e agitada correu para Renato e, pegando seu rosto entre as mãos, falou nervosa:

— O que aconteceu com vocês, meu Deus, olhe seu olho! Quem fez isso! Quem o feriu?

Papai veio chegando com todos os empregados e o chofer.

— Calma, querida, eles estão aqui vivos. Venham, meus filhos, sua mãe ficou preocupada porque o chofer não os encontrou e depois, como demoravam, telefonou para mim. Vim o mais depressa possível! Gostaria de saber o que aconteceu.

Renato contou tudo da briga.

Mamãe só falava:

— Oh! Meu filho! — Juntando as mãos. Depois beijou e apertou Renato contra o coração.

Papai também abraçou Renato, falando:

— Ouve, meu filho, estou orgulhoso do teu ímpeto em lançar-te em defesa de um fraco. Soube que na escola todos te admiram porque tens sempre uma palavra de conforto para os que necessitam. Tudo o que fizeres de bom, de digno, de nobre, irá te erguendo e te aproximando cada vez mais de Deus. Parabéns, meu filho, seja sempre assim, corajoso, destemido quando se trata do bem.

NO DIA SEGUINTE, Renato foi elogiado por todos os professores e adulado por todos os meninos. Em todos os grupos exigiam a sua presença. Ele era puxado daqui e dali e todas as vezes que era beijado pelas meninas corava até a raiz dos cabelos.

E assim meu irmão continuou sendo o pequeno líder do Rio Negro, o primeiro do colégio. Neste ano não precisou fazer nem um exame. Fechou nota em todas as matérias e recebeu outra medalha de ouro.

Papai não cabia em si de contentamento e mamãe, então, não tirava Renato da boca.

— Meu filho — dizia no clube, no cabeleireiro, na loja ou em qualquer lugar que ia —, meu filho tem duas medalhas de ouro. Com 13 anos fala inglês, francês, alemão e discute qualquer assunto com quem quer que seja.

Neste ano viajamos para a América do Norte. E o que Renato notou foi o amor e respeito, orgulho e veneração que os americanos sentem pela bandeira de sua pátria. Uma manhã, no Central Park, Renato disse:

— Olhe só, Rober, até nos brinquedos das crianças se vê a bandeira deles.

De fato, nos velocípedes, nos carrinhos, nas bicicletas, nas bonecas, nas roupas das crianças, dos adultos, nos prédios, nos restaurantes, nos carros, enfim em tudo estava presente a bandeira dos Estados Unidos.

Quando voltamos ao Brasil, Renato só pensava na nossa bandeira. Logo no dia seguinte foi à cidade e visitou uma porção de lojas, mas não conseguiu encontrar uma bandeira brasileira. Ficou tão revoltado que chegou em casa e não parou de falar.

— É uma vergonha! Não consegui encontrar uma bandeira de minha pátria, parece piada, não encontrei nem uma bandeirinha.

E quando voltamos a estudar na terceira série, o primeiro trabalho de Renato foi lido de classe em classe e recebeu elogios de todos os professores.

Ainda o guardo. Espere um pouquinho, vou buscá-lo na biblioteca... Aqui está, leia você mesmo.

"ESTA NOITE SONHEI que entrava em um grande estádio cheio de gente. Bem no meio do estádio uma grande mesa coberta de veludo vermelho e rodeada de cadeiras douradas; logo atrás das cadeiras, os guardas em fardamento de gala e cheios de medalhas, do outro lado os bombeiros também vestidos em gala, depois mais oficiais do Exército, o povo, e lá no alto das arquibancadas milhares de crianças vestidas de branco. Tudo lindo, tudo maravilhoso, mas eu não via nenhuma bandeira, nenhum retrato de nossa pátria. Aí me senti desesperado. Subi em um local alto e percorri os olhos várias vezes por tudo e, em um momento, meu coração quase parou de alegria quando vi num canto, sorrindo para os que estavam perto, Sua Excelência, o Presidente da República. Não quis acreditar, apertei bem os olhos e, quando me certifiquei que era mesmo o Presidente do Brasil que estava ali, enfiei-me no meio do povo e, acotovelando daqui e dali, cheguei até onde estava Sua Excelência. e, chorando, lhe disse:

— Senhor Presidente, não vejo flutuando contra o meu céu de anil e de sol dourado nenhuma bandeira de meu Brasil. Olho nas fardas dos militares, na mão das crianças e nada, nada lembra a nossa bandeira. Se Vossa Excelência soubesse o que senti quando lá nos Estados Unidos vi por todos os lugares em que lançasse os olhos dezenas e dezenas de bandeiras lembrando aos americanos que acima de tudo está a pátria, a amada, a sagrada pátria...

— Minha mãe me disse uma vez que só quando eu fosse homem é que avaliaria o que devemos sentir por nossa pátria, mas eu senti no ano passado, quando estive na Europa, e na última semana quando voltava dos Estados Unidos, e quando lá em cima do avião vi a minha terra verdejante, o meu Brasil verde-amarelo, azul e branco. Vi a Floresta Amazônica, os rios, as montanhas, as cachoeiras, o mar, tudo que se une para formar a minha adorada Pátria. E, enquanto eu a olhava lá de cima, recordava que minha mãe, meu pai e meu irmão, meus avós, minhas tias e primas, meus professores, o padre Luís, que com tanta paciência me ensinou o catecismo, minha primeira mestra, Vossa Excelência, enfim, todo o povo que eu amo é brasileiro, juro, Senhor Presidente, que uma onda de ternura invadiu o meu peito e eu chorei de alegria, alegria por ser brasileiro. Não precisa ser homem para saber que devemos amar a mãe-pátria, menino mesmo sinto o meu coração gritar de felicidade. Se algum dia um estrangeiro se atrever a manchar a minha bandeira (mesmo que esta mancha seja do tamanho de um grão de areia), serei menino na idade e homem no coração, o primeiro a levantar o fuzil para defender a minha bandeira, para defender o meu Brasil. Darei por meu país a minha vida com um sorriso nos lábios. Mas estou triste, Senhor Presidente, triste porque não vejo, a não ser em dias de festa, o retrato de minha pátria por todos os lados e não posso conter um soluço de dor e amargura.

— Espere aqui, meu pequeno, não vá embora — disse-me o Presidente, pondo as mãos levemente em meus ombros. — Mas, antes, diga-me como é o seu nome?

— Renato Lopes Mascarenhas.

O Presidente se foi pelo caminho que o povo abria, e quando chegou na mesa coberta de veludo vermelho e de flores, disse bem alto:

— Senhores, hoje veio junto a mim uma criança que me pediu... me pediu... — o Presidente estava emocionado — pediu que a bandeira brasileira, que é o retrato de nossa pátria, esteja em todos os lugares onde exista um brasileiro. E por isso vou decretar que, de hoje em diante, em todos os lugares e todos os dias se veja flutuando a bandeira brasileira.

Um viva altíssimo, ensurdecedor, cobriu a voz do Presidente. A banda começou a tocar o Hino Nacional, e uma grande bandeira se levantava aos poucos num longo mastro, bem no centro da mesa de veludo vermelho. Todos jogavam pétalas de rosas, violetas e mil flores, que antes de tocarem o chão se transformavam em bandeiras do Brasil que iam pousar nas mãos do Presidente, dos militares, dos homens, mulheres e crianças e depois voavam pelos ares e entravam nas lojas e em todos lugares onde se vendia qualquer coisa. E no dia seguinte saí para comprar uma bandeira e achei-a na primeira loja que entrei."

E ASSIM RENATO ganhou outra medalha, desta vez no primeiro mês de aula. Foi presenteado com uma linda bandeira brasileira.

O diretor, quando colocou a medalha de prata no peito de Renato, disse:

— Renato, receba esta medalha, pela sua inteligência, boa vontade, bom coração e bom caráter. Seus pais, irmãos e colegas devem orgulhar-se de você. Desejo que cresça assim, temente a Deus, amando sua Pátria, seus pais e seu povo. Deus o abençoe, meu filho.

RENATO BEIJOU A BANDEIRA e, assim que chegamos em casa, gritou:

— Rober, por favor vá até o porão e traga-me pregos e o martelo. Leve-os ao meu quarto.

E ficamos até a hora do jantar estudando a melhor maneira, o melhor lugar para a bandeira. Ela foi pregada perto do pôster de Jesus entre os carneirinhos.

Renato fez questão de que todos da casa vissem a bandeira. Trouxe até os cachorros e a gatinha Sissi. Papai estava estufado de orgulho: lia e relia a composição de Renato e dizia:

— Maravilhosa, linda, linda!

Na hora do jantar, papai disse a Renato que ele poderia escolher um presente. O que Renato quisesse, para não pensar em preço e em nada, e eu cochichei:

— A moto, Renato.

— Uma moto, papai.

— Moto não, querido. — A voz de mamãe trêmula. — É muito perigoso.

— Que nada, mamãe, eu ando divinamente. Não se esqueça que eu sempre uso a moto de tio Carlos, lá na fazenda.

Papai tinha três fazendas de plantação de soja e criação de gado.

— Mas você só tem 13 anos, não poderia usá-la. Por favor, filhinho, escolha outra coisa.

— Está bem, mamãe, não quero vê-la preocupada. Escolho uma lancha, está bem assim?

— Oh! Filhinho, você é um anjo.

E, lá no Guarujá, todos os fins de semana ficávamos passeando de lancha. Papai nos ensinou a esquiar. Era fabuloso!

CAPÍTULO 4
O PRESO

NA TERCEIRA SÉRIE aconteceram coisas interessantes, mas o que mais deixou meu irmão comovido foi o dia em que o diretor o chamou e disse:

— Renato, temos o pedido de um preso que cumpre pena na penitenciária do Estado. Ele quer conhecê-lo. Diz ter ganho o jornalzinho do colégio e o leu inteiro, adorando o seu trabalho sobre a bandeira.

Renato ficou maravilhado. Telefonou ao pai pedindo permissão para ir à penitenciária.

Fomos, Renato e eu, em companhia do nosso professor de português.

O PRESO tinha o rosto macilento, o olhar triste, deveria ter uns 40 anos. Estava com roupa azul, os cabelos cortados e as unhas limpas.

Contou que matara um homem em uma briga em defesa de um velho. Foi assim: ele estava em um bar, em Osasco, bebendo cerveja. O velho encostou a cadeira na parede de forma que só os dois pés traseiros ficavam no chão. E foi aí que entrou um homem jovem, alto e forte, e disse:

— Segurando a parede, hein, vovô? Aposto que se pegar assim nos pés da cadeira o vovô cai de costas no chão.

E, sem dar tempo ao pobre velho para se levantar, ele segurou os pés da cadeira e os puxou, largando rápido, e o velho ficou estatelado no chão. Foi aí que o preso se voltou para o recém-chegado:

— Não faça mais isso. Respeite os velhos, pois esse homem aí poderia ser nosso pai.

E assim começou a briga. Os dois armados com facas lutaram e o preso venceu e sobreviveu, apesar de ficar bastante ferido. Ia ficar preso seis anos. Já havia passado dois. Ele aprendera a ler e a escrever na prisão. Também aprendera a amar e a venerar a Pátria. Ele também fizera um trabalho sobre a bandeira, e tirou do bolso um papel dobradinho e o entregou a meu irmão.

— Diga-me se gosta.

Renato leu alto. A composição era muito bonita. Renato o abraçou e o preso beijou-lhe as duas mãos com lágrimas nos olhos a escorrer-lhe pela face. Depois disse com a voz embargada:

— Eu tenho um filho de sua idade que me despreza porque matei. Nunca mais senti seus braços em meu pescoço. Isso é muito triste.

O preso chorava. Esperamos ele se acalmar e ficamos atentos ao que ele falava:

— Eu quis conhecê-lo para lhe pedir um favor, senhor Renato. Soube que o senhor é o primeiro aluno da classe e que tem um bom coração, e que ajuda as pessoas que precisam do senhor.

Renato olhou para o nosso professor, ficando vermelho. Renato ficava encabulado quando o tratavam cerimoniosamente. O preso continuou:

— Meu maior desejo é ver o meu filho. Traga-o para mim. Sei que o senhor será capaz disso. Aqui está o endereço...

À NOITE, QUANDO PAPAI chegou, Renato pediu-lhe que o levasse à casa do preso lá em Osasco.

Chovia muito nesta noite, e o carro de papai não conseguiu descer a rua indicada pelo preso. Era uma rua de terra com grandes buracos e com casas paupérrimas. Também não havia luz elétrica, nem na rua, nem nas casas. Fiquei olhando a rua com o coração acelerado de medo. Papai fez questão de nos acompanhar e nunca mais aquela noite me saiu da cabeça. Ainda ouço a risada de Renato, quando escorregou alguns metros e foi parar em uma poça de lama. E, depois de uma hora, quando nos encontrávamos molhados e sujos de lama, sem termos conseguido encontrar a casa do preso, olhamos um para o outro e batendo as mãos nas roupas para nos limpar começamos a rir sem parar. Papai permitiu que Renato e eu voltássemos no dia seguinte.

Acordei com Renato abrindo a cortina da janela de meu quarto, gritando:

— Acorde, dorminhoco, olhe que dia lindo e cheio de sol, o céu está azul. Esqueceu que tem que ir à casa do preso?

Com o sol e o dia claro, a rua melhorou um pouco, e encontramos a casa. Era uma casa toda em ruínas, paupérrima e suja. Entramos, e encontramos a mulher e o filho do preso.

O menino era magro, feio, malvestido e petulante.

— Não conheço nenhum homem que esteja preso. Meu pai morreu quando eu era criança.

E eu, de boca aberta, ouvia Renato conversar com o menino, que nem parecia ter 13 anos. Era baixo e desnutrido.

— Como é o seu nome?

— Meu nome não interessa, quero que me deixe em paz. Não vou a lugar nenhum, moro neste lugar horrível que você está vendo, mas prefiro pisar na lama do que pisar no cimento de uma cadeia, eu...

— Mas pense, por favor, na dor que sente aquele pobre homem que é o seu pai. Aquele homem que só matou para defender um velho. Ele sofre porque o filho o renega. Pensa que ele é seu melhor amigo. Contou-me que quando castigava você sofria muito, talvez mais do que você, e que nunca o fez chorar senão para o seu próprio bem. Hoje sozinho, encarcerado, ele sente amargamente por lhe haver castigado algum dia. Vá, meu amigo, vá onde está o seu pai, ponha a cabeça em seu peito e peça-lhe para abençoá-lo.

E assim eu ouvia o meu querido irmão enfiar na cabeça daquele menino raivoso ternura e amor, e quando o menino cobriu o rosto com os dois braços e começou a soluçar, vi que lágrimas corriam pelo rosto de Renato. Ele virou-se e perguntou:

— Rober, você tem algum dinheiro aí?

Enfiei a mão no bolso e dei-lhe o dinheiro com que ia comprar o presente da mamãe em homenagem ao Dia das Mães. Renato ajudou com o dele e disse ao menino:

— Aqui está algum dinheiro para você comprar algo que desejar para o seu pai. Penso vir buscá-lo no domingo para irmos à cadeia, juntos.

O menino estendeu a mão, pegou o dinheiro e balançou a cabeça em sinal afirmativo.

Nesta noite, Renato convidou-me para dormir com ele e quando estávamos deitados, como de costume, disse:

— Rober, aqueles presos não me saem da cabeça. Ficam lá sem fazer nada. Você já pensou se eles tivessem alguma atividade, se executassem algum trabalho e o vendessem para ajudar no sustento da família? Ah! Rober, se eu pudesse fazer alguma coisa por eles.

E assim Renato pegou no sono, pensando naqueles que por uma infelicidade, ou por serem malvados, estão encarcerados.

Renato foi levar o filho do preso, como prometera. Eu não o acompanhei porque no clube houve disputa de natação e eu era um dos participantes, mas depois Renato me contou que o pai e o filho ficaram abraçados uma porção de tempo, chorando sem parar. O filho disse que nunca mais faltaria nas visitas de domingo.

— Escute aqui, Rober: quantas roupas você tem? — Eu ri.

— Sei lá. Meu guarda-roupa está tão cheio que nem consigo fechar as portas.

— Então esvazie-o, pois as roupas cabem direitinho no José.

— José? Quem é José?

— José é o nome do filho do preso. As minhas roupas são muito grandes.

NESTE ANO PAPAI não pôde deixar o Brasil e nós passamos nossas férias na fazenda de Mato Grosso.

Renato tirou novamente as melhores notas. Ninguém conseguiu alcançá-lo e ganhou mais uma medalha de ouro.

Fomos para a fazenda no bimotor de seis lugares da nossa família. Renato sabia pilotar, mas prometeu a papai que não ia mexer no avião, e não mexeu mesmo, apesar da turma de primos insistir muito.

Naquele dia senti o quanto Renato respeitava nossos pais. Pensei que nada, nada no mundo o faria mudar. Ele cresceria, se formaria, teria filhos e seguiria o caminho leal e puro que papai nos abria.

QUARTA SÉRIE.

Renato estava com um metro e setenta de altura, forte e encorpado. Qualquer um lhe daria 18 anos.

Seu rosto adquiria uma expressão séria e compenetrada e continuou amigo de todos. Mas nem todos eram seus amigos.

Logo no começo do ano, Renato fundou uma associação de jovens do colégio a que deu o nome de "Eu Sou Seu Amigo", que tinha a finalidade de minorar o sofrimento do próximo. Eu também fazia parte da turma. Todos eram ricos e da alta classe de São Paulo. Da primeira reunião ficou acertado que iríamos abrir um poço em cada favela, e ensinar aos favelados como eram importantes para a saúde os cuidados de higiene.

Assim Renato começou a organizar festinhas na nossa casa e na casa dos colegas. A primeira festa foi na nossa casa. Cada convidado pagava pelo convite. Dividimos a festa em duas, isto quer dizer: de um lado os adultos, pais e parentes dos alunos do nosso colégio, e de outro os alunos e alunas.

Renato pedia opinião a papai.

— Papai, o senhor acha que a turma de adultos ficará mais contente com o salão de festas (nosso salão de festas era enorme e ficava no subterrâneo, tinha até um palco) ou ao ar livre à beira da piscina?

E papai, rindo:

— Penso que primeiro devemos nos preocupar com os jovens. Você é que deve escolher, meu filho.

— Eu acho que o salão estará melhor para nós, pois temos um conjunto muito barulhento. O som irá além de nosso jardim e poderá incomodar os vizinhos.

— Concordo com você, meu filho.

Quando Renato desceu ao salão o pessoal da iluminação estava experimentando a luz negra.

— Rober...

Olhei para trás e só consegui ver os dentes e os olhos de meu irmão, já que ele estava vestido de preto e a luz iluminava só o branco. Senti uma sensação esquisita no coração como se alguém o tivesse apertado com as duas mãos.

Renato riu.

— Que foi mano, perdeu a fala?

— Puxa, que susto, você está parecendo um defunto...

Corri para os homens e gritei:

— Hei pessoal, acendam as luzes, rápido! — Voltei-me para o meu irmão e vi o seu rosto alegre e seu riso feliz, uma onda de ternura subiu-me pelas veias e eu o abracei com os olhos cheios de lágrimas.

Ele correspondeu ao meu abraço.

— Não se assuste, Rober. Vai demorar muito para eu ser um defunto. Você vai chorar pela minha morte, vejamos, daqui a uns oitenta anos, pois, meu caro irmão, pretendo viver até os 95 anos. Agora venha cá, vamos ao jardim, quero contar-lhe uma novidade.

Já no jardim.

— Adivinhe quem vem na festa.

— Cilene.

— Ela mesma! Oh! Rober, estou tão feliz! Cilene virá com os pais.

A festa estava uma maravilha.

Nem reconheci Cilene, ela já era uma verdadeira moça, e tão linda num vestido longo, amarelo, os cabelos pretos, os olhos pretos, a pele de seda, tudo brilhando perto de mim e sorrindo um sorriso de criança.

— Não me conhece mais, Rober?

— Como você cresceu!

— E você também.

— Quantos anos você tem? — Falamos juntos e caímos na risada.

— Eu tenho 15 — exclamou Cilene.

— Eu 13.

— Treze? Já? Puxa — como o tempo passa! Onde está Renato?

— Lá vem ele.

Renato, rindo:

— Ei, Rober, me traindo, hein?!

Os dois de mãos dadas entrando no caminho estreito ladeado de roseiras com muitas rosas desabrochando.

Voltei para o salão e dancei sem parar. De madrugada, meus pais, Renato e eu nos despedimos dos últimos convidados e Renato dizendo a nossos pais:

— Foi um sucesso! Milton, que foi o caixa, disse que faturamos muito. Tirando as despesas, sobra quase metade. Amanhã já poderemos começar o poço e comprar uma porção de coisas para os favelados.

Nós quatro, abraçados, entramos em casa.

— Durma comigo, Rober.

Estávamos cansados, mas bastante felizes e assim que deitamos ele me contou:

— Rober, beijei a Cilene lá no meio das rosas.

— Beijou? Ela deixou?

— Claro, nós nos amamos. Quando eu fizer 18 anos nos casaremos. Aliás, quando Cilene e eu fizermos 18 anos nos casaremos, pois por coincidência nascemos no mesmo dia e mesmo ano. No próximo ano, vou trabalhar com papai na fábrica de plástico. Trabalharei com a turma da noite para não atrapalhar os estudos. Hei, Rober, acorde! Você está me ouvindo?

Nem consegui abrir os olhos, mas senti que o meu irmão me cobria, aconchegando os cobertores no meu pescoço.

QUANDO CHEGAMOS à favela, encontramos as mulheres lavando suas roupas nas águas apodrecidas do rio Tietê, pois a favela havia sido construída bem na margem deste rio. Enquanto Renato e mais cinco jovens e dois poceiros iniciaram a escavação do poço, eu e o resto da turma começamos a ajudar os favelados. A Prefeitura mandou um caminhão de água e as moças da turma ajudaram a dar banho nas crianças em bacias que tínhamos comprado, e vesti-las e calçá-las com tudo o que também tínhamos levado. Varremos em volta dos barrancos. Enterramos o lixo. Pregamos as tábuas soltas. Cobrimos com telhas de zinco grandes buracos nos telhados.

Jogamos bola com os meninos.

Cada um de meus colegas ficou encarregado de pagar escola para três ou quatro pais de família. Os de Renato quiseram aprender mecânica. Os meus escolheram marcenaria. Pedi à mamãe que me ajudasse a cuidar de minhas três famílias da favela, pois eu não tinha paciência. Foi a primeira vez que Renato ficou zangado comigo.

— Roberto, eu acho que esse não é problema da mamãe, já que você prometeu àquelas famílias zelar por elas. Nós somos bastante ricos, meu irmão, podemos muito bem gastar um pouco para amenizar a miséria daquela gente.

— Mas eu já levei os três homens a uma grande marcenaria lá na Casa Verde. Apresentei os homens ao dono, que é quem ensina. Paguei o curso completo. Hoje telefonei para lá e soube que os três vão indo muito bem, sem faltar um dia.

Renato bateu a mão aberta no meu ombro.

— Ah! Então desculpe-me, Rober. Confio em você. O que a senhora achou da nossa ideia sobre as favelas, mamãe?

— Achei maravilhosa, meu bem. Se todos os jovens de famílias abastadas agissem como vocês, penso que diminuiria o número de marginalizados. Se vocês quiserem eu poderei cooperar. Digam-me, o que eu poderia fazer?

Sentado no colo de mamãe, Renato apertou o queixo com o polegar e o indicador e ficou alguns minutos fitando o espaço, e depois, enlaçando-lhe o pescoço, disse:

— Mamãe, por favor, diga-me. O que a senhora faz durante o dia?

— Bem, pela manhã vou ao clube fazer ginástica, massagem, frequento a sauna, nado. Volto para casa, almoço, descanso um pouco, saio para compras, cabeleireiro, volto ao clube e depois regresso à casa para esperar você e Roberto. Aí você sabe o que faço. Seu pai e eu ficamos com vocês, conversando, assistimos televisão, jogamos e ajudamos os dois a preparar as lições.

— Mamãe, eu acho que... que... bem, a senhora não ficará aborrecida se eu completar meu pensamento?

— Se você não completar, como é que saberei se eu vou me zangar?

— A senhora vai me desculpar, mas acho que a senhora deveria aproveitar melhor o seu tempo. Digamos, tirar umas duas horas por dia em benefício dos necessitados. A senhora poderia organizar aqui mesmo em casa, no salão de festas, reuniões com suas amigas e combinariam o seguinte: cada uma delas renunciaria à compra de algum objeto caro, tal como vestido, sapato, bolsa, enfim um mundo de coisas que existem aí por um preço razoável e que a senhora e suas amigas pagam um dinheirão. A mãe de Cilene, por exemplo, comprou para a festa dois vestidos com etiqueta de luxo. Pagou uma fortuna os dois. Ora, mamãe, se ela comprasse os dois vestidos em qualquer outro lugar economizaria muito. Então, esse dinheiro daria para pagar cursos profissionalizantes para os que precisam.

Renato saiu do colo de mamãe e em pé ficou olhando para ela.

— Diga-me, por favor, quanto custou esse sapato.

— Oitenta reais.

— O vestido?

— Seiscentos.

— Seiscentos e oitenta. Aí está, mamãe, uma vez por mês a senhora e suas amigas deixariam de comprar isso. Um vestido e um sapato. Agora raciocinemos: seiscentos e oitenta reais daria para comprar uma máquina de costura. Fui visitar lojas e encontrei máquinas de costura maravilhosas até por quinhentos reais, e a diferença daria ainda para pagar o curso de costureira para diversas senhoras, mães de família que moram nas favelas ou em porões por aí. — Renato, apertando a mão de mamãe entre as suas, tinha um brilho divino nos olhos. — A senhora já pensou, mamãe querida, quantas crianças teriam uma vida melhor se seus pais pudessem exercer uma profissão? Existem moças na favela que querem aprender a profissão de manicure, cabeleireira, costureira, overloquista, enfermeira, enfim, mamãe, mil profissões e por que não têm dinheiro para roupas, sapatos e para pagarem o curso ficam sofrendo, desesperadas, na miséria, marginalizadas, sufocadas pelo próprio meio em que vivem, sem uma esperança de vida melhor ou de um trabalho digno. Elas só precisam, mamãe, de uma oportunidade, não de coisas luxuosas, não de belos vestidos e joias ou etiquetas famosas, que só têm valor para satisfazer a vaidade de gente rica. Elas necessitam da oportunidade de um trabalho humilde, mas digno, para que possam, através de seu próprio esforço, afastar a miséria, a doença e a exploração. Elas só querem trabalhar! E os homens? Quantos coitados não sabem nem que existe escova de dentes. Está vendo, mamãe, é nisto que gostaria que a senhora nos ajudasse. Não adianta nada a senhora chegar à casa de uma família pobre e levar comida, roupa, dar esmola. A gente precisa estender a mão, mamãe, ensinar o trabalho, devemos levantar a família do chão e fazê-la andar junto com a família da gente. E para isso é preciso ajudá-las a estudar e ter uma profissão. Temos que fazer essa gente dar valor a Deus, à sociedade, aos filhos. Digo isso porque encontrei nos barracos que visitei homens e mulheres que nem tomam conhecimento de Deus, não sabem que existem praias, clubes e outros países. O que é mais grave: pais que desconhecem que o cérebro de uma criança não é igual ao de um adulto. Acham que a criança deve pensar como eles. Imagine a senhora que um favelado matou o filho de 2 anos, porque ele pediu à criança uma garrafa de pinga e a criança trouxe uma de outra bebida. Quase todos espancam as crianças por elas fazerem xixi na cama, sem compreender que uma criança com 4 anos, ou mais, urina na cama porque tem problemas de saúde. Isso e mais centenas de coisas que poderia lhe contar. Isso obriga pessoas lúcidas e cultas como nós, da alta classe, a pensar em Deus, levar um pouco de luz, carinho e amor a essa gente.

Enquanto Renato falava, eu fixei os olhos no rosto de mamãe, que, muda, com os olhos marejados de lágrimas, parecia beber as suas palavras e, quando ele parou, ela se levantou de um salto e o abraçou, encostando sua cabeça no peito de Renato, e só conseguiu murmurar:

— Meu filho, meu filho. — Depois, levantando as mãos e acariciando o rosto de meu irmão (Renato era bem mais alto que mamãe, que tinha um metro e sessenta e quatro de altura) disse: — Como é bom ouvir isso de um jovem nessa época em que o que impera é o egoísmo e o salve-se quem puder. Como é divino ouvir tudo isso, ainda mais quando sai da boca de nosso próprio sangue. Sinto-me como se estivesse flutuando em um mundo onde só o amor ao próximo existisse. Oh! Filho, filho, que Deus o conserve assim, para sempre, sempre, sempre.

DEPOIS DE UM MÊS foi inaugurado o poço da favela. Foi uma festa, com nossos pais presentes. Aliás, os pais de toda a nossa turma. Renato puxou o primeiro balde d'água entre uma salva de palmas, vivas e hurras. O balde nem tinha pousado na beira do poço e a turma já o agarrava dando um banho em meu irmão, fazendo a água salpicar em todos os que estavam presentes. Foi aquela gritaria!

A favela estava até bonitinha, tudo limpo, terreiro, barracos, homens, mulheres, crianças. Em todas as janelinhas, cortinas e uma porção de vasinhos que tinham sido plantadas pelas crianças faveladas, e algumas flores já despontavam.

Houve distribuição de doces e refrescos. Todos misturados, ricos, pobres, ministros (o pai de Milton), deputados, médicos, advogados, pedreiros, encanadores, costureiras, enfim, todos felizes. Renato não cabia em si de alegria, ainda mais porque Cilene fizera questão de doar uma área de um alqueire em Osasco para a construção de casinhas de alvenaria para toda a favela. Eram vivas aos pais de Cilene que não acabavam mais. Era maravilhoso ver o pessoal de minha classe dando as mãos e levantando aquela gente da classe miserável. Tudo isso devíamos a um menino de 14 anos, meu irmão. O que mais me emocionou neste dia foi a hora em que chegou um caminhão fechado e parou bem perto dos barracos. Mamãe pediu silêncio e disse (como estava linda a minha mãe, vestida de branco, com os longos cabelos de ouro brilhando mais que as estrelas que agora eram inúmeras lá no alto do céu):

— As senhoras que escolheram o curso de corte e costura venham até aqui, por gentileza.

Algumas mulheres se aproximaram. Depois mamãe chamou Renato e pediu-lhe para abrir o caminhão. Renato pulou de alegria. Eram máquinas de costura. As mulheres beijaram chorando as mãos de Renato.

Foi tudo lindo. Naquela noite meu irmão me disse:

— Rober, meu coração está maior do que o mundo.

CERTA NOITE ALGUÉM pediu para falar com Renato. Era aquele preso, o pai de José. Renato o recebeu na sala da frente e quando eu o ouvi convidá-lo para o jantar, corri para onde estava papai e gritei:

— Papai, Renato convidou aquele preso para jantar com a gente. Imagine o senhor a gente se sentar à mesa com um homem que derramou sangue de outro homem.

Meu pai olhou-me demoradamente.

— Roberto, meu filho, esse homem deve sentar-se à nossa mesa porque foi muito infeliz. Creio mesmo que foi mais vítima de um destino cruel do que culpado. O que aconteceu a ele poderá acontecer a qualquer um de nós. Ele já cumpriu nobremente a sua pena ficando atrás das grades vários anos. Devemos esquecer a cadeia, e aceitá-lo como um cidadão limpo e puro. Vá, meu Roberto, dê o braço ao pobre homem, não o despreze; ele precisa que jovens como você o integrem na sociedade, pois só assim terá forças para nunca mais pecar.

Renato até arregalou os olhos quando eu cheguei e disse:

— Meu caro senhor, aceite o meu braço para que eu possa acompanhá-lo à nossa mesa para o jantar.

Timidamente o homem colocou a mão em meu braço e abaixou a cabeça envergonhado, mas sorriu quando ouviu Renato:

— Agora a outra mão em meu braço, finja que eu sou o seu filho José.

Meus pais já o esperavam na sala de jantar e o cumprimentaram alegremente. Foi no jantar que ficamos sabendo como vivem os nossos presidiários.

Ele nos disse que ficar preso é como morrer. Seu cérebro não conseguia captar um pequeno raio de felicidade, e o mais triste é não ter o que fazer. O preso fica dias e dias andando daqui para ali sem ter uma ocupação.

Ele trazia uma lista de cem assinaturas de presos que pediam a Renato para que os representasse junto ao Governador do Estado para obter trabalho para eles.

— E o senhor, está trabalhando?

— Não, meu filho. Tenho procurado muito, mas quando descobrem que sou ex-presidiário, todas as portas se fecham.

Foi tão engraçado: mal o homem terminara de falar, se ouviu "papai e um querido" saindo ao mesmo tempo das bocas de Renato, mamãe e da minha. Até parecia coisa combinada e rimos todos, o preso também. Aí papai falou:

— Já sei. O senhor está empregado, procure o meu gerente amanhã às oito horas na indústria de plástico.

NO DIA SEGUINTE, na reunião "Eu sou seu amigo" ficou decidido que cinco pessoas da turma iriam à Penitenciária falar com o diretor.

O DIRETOR DISSE que se tivesse trabalho para os presos fazerem, eles aceitariam com muito prazer, pois só pensavam nisto.

Então, a turma começou a visitar fábricas e oficinas.

Começamos pela fábrica de jogos de plástico para banheiro, cozinha, capas de máquinas de lavar, aventais etc., que comprava plásticos de papai. O dono da fábrica de jogos tinha aumentado a fábrica e ia precisar de vinte novos empregados. Concordou em dar as vinte vagas aos presidiários. Mandou um de seus homens de confiança ensinar o trabalho aos presos. A nossa associação providenciou as máquinas. O diretor da Penitenciária arranjou um salão dentro da cadeia e as carteiras de trabalho, e os vinte foram registrados. Depois de um mês, o dono da fábrica de jogos convidou a turma para ver os jogos que já tinham sido feitos. Disse que nunca tinha visto um trabalho tão perfeito. Uma fábrica de roupas para homens também fez dentro da Penitenciária a sua oficina, empregando quinze homens. Depois foi a vez da fábrica de vasos, de objetos de arte, de malhas, de calçados, enfim, no fim do ano não se deu conta dos pedidos de gente que queria os presos como empregados. Nós levamos muito, e muito trabalho para dentro da Penitenciária.

O ordenado era pago todos os meses, nos dias certos.

Não havia preso que tivesse faltado ao trabalho um dia. Aqueles que não sabiam fazer nada, aprendiam com os outros. Ah! Esqueci de falar que os presos exigiram do diretor que fosse descontado um tanto por cento do ordenado para pagar a comida na cadeia, e o que sobrasse era entregue às suas famílias, já que não era permitido ficarem com o dinheiro. Para aqueles que não tinham família, depositavam o dinheiro na caderneta de poupança.

Um dia, o diretor convidou minha turma para uma visita à cadeia e nos apresentou aos presos. Contamos como conseguimos o trabalho para eles.

Foi aquela festa: ganhamos uma porção de coisas feitas por eles.

— Parece um sonho que tudo isso tenha acontecido realmente. Os presos estão animados e felizes, ninguém mais vê em seus olhos a sombra da revolta. Tenho certeza que ao saírem daqui entrarão na sociedade, levando no coração bons sentimentos. É, meus jovens, a nobreza está no trabalho. Deus os abençoe.

CAPÍTULO 5
A CRIANÇA

NAQUELA OCASIÃO TAMBÉM conhecemos nas ruas da cidade as nossas crianças abandonadas. Logo minha turma se pôs em campo para ajudá-las a se ajustarem à sociedade.

Foi o nosso mais árduo trabalho, pois a criança, o alicerce de nossa Pátria, tinha que ser tratada com amor e segurança. E, como sempre, meu irmão organizou tudo.

Naquela ocasião tinha saído numa revista que mais de trezentas famílias brasileiras queriam adotar uma criança vietnamita. Então Renato arregimentou quase todos os estudantes do Rio Negro e do Silon e os colocou na luta. Cada um teria que visitar uma dessas famílias e convencê-la a adotar uma criança brasileira.

Renato me disse:

— Você, Rober, visite essa família. Rua Jorão, no 810, no Morumbi. São pessoas milionárias, e querem adotar duas crianças do Vietnã do Sul. Já pediram junto à embaixada vietnamita permissão.

— Mas se elas já pediram à embaixada não vão nem me atender. Você acha que a família vai se interessar por crianças brasileiras se querem vietnamitas?

— Aí é que precisa entrar o seu charme. Tchau, Rober, e boa sorte; vou a uma casa no Pacaembu. À noite conversaremos.

Assim que Renato saiu, corri à procura de mamãe, que estava na sala de visitas com algumas pessoas. Entreabri a porta e espiei, quando mamãe olhou para o meu lado fiz: psiu, psiu, chamando-a.

Mamãe veio.

— Por favor, preciso discutir com a senhora um probleminha.

Fomos para a outra sala.

— Mamãe, sabe que o Renato me pediu que eu fosse à casa dos Moraes convencê-los a desistirem da adoção de crianças sul-vietnamitas e a adotarem brasileiras? Ah! mamãe, que coisa chata. A senhora já pensou? Eles vão pensar que estou louco. Eu sou pequeno para essas coisas, só tenho 13 anos.

Mamãe riu.

— Tem só 13 anos, mas é um menino muito inteligente, que cursa a quarta série e fala três idiomas. É um menino que toca piano e violão, é obediente e respeita a Deus, aos mestres, aos pais, ao irmão e à família e é dono de um grande coração.

Eu olhei assustado para a mamãe.

— Puxa, mãe, eu sou tudo isso aí? A gente nem percebe. Mas a senhora se esqueceu de enumerar a minha timidez. Ah, mamãe, juro que não sei o que falar. Não sou como o Renato, que tem tudo na ponta da língua. O que faço, mamãe? Me ajude, vá.

Mamãe me apertou em seus braços.

— A mamãe irá com você. Nós haveremos de convencer os Moraes. Aguarde um momento, vou me despedir das amigas.

Mamãe guiava o seu carro azul com a expressão tão tranquila que lá dentro de mim tudo dizia para não me preocupar que daria tudo certo.

Chegamos ao endereço indicado, mas não conseguimos ver a casa, pois as grandes árvores que rodeavam as grades cinzentas nos impediam. Mas o pouco que pude divisar do parque e de tudo da casa foi o suficiente para chegar à conclusão de que os Moraes deveriam ser multimilionários. Mamãe falou com o porteiro e ele nos disse que os Moraes não estavam em casa, mas que ele iria anotar o nosso telefone e que no dia seguinte saberíamos se poderíamos ser recebidos por madame Adélia Bertoli Moraes.

Sem querer, respirei aliviado quando ouvi que os Moraes não estavam em casa.

Mamãe até riu e disse:

— Já que estamos no Morumbi, meu filho, que tal ver lá de cima a grande São Paulo e comer um saquinho de pipocas bem quentinhas?

Quando voltamos para casa, encontramos Renato conversando com o papai e assim que nos viu veio correndo (parece que o vejo igualzinho àquele dia, todo de branco, com os cabelos negros esvoaçando pelo ar, com os braços levantados), gritando:

— Vitória, vitória, mamãe! Rober, conseguimos, conseguimos, cinquenta renúncias às crianças estrangeiras e a adoção de crianças brasileiras. E você, Rober, como se saiu?

— Os Moraes telefonarão amanhã para ver se podem nos atender.

NO DIA SEGUINTE, quando voltamos da escola, o nosso porteiro disse:
— Tenho um recado para o Senhor Roberto.
— Pô, Walter, já cansei de lhe falar para não me chamar de senhor. E já sei qual é o recado. Os Moraes.
— Sim, senhor.
— Baaa, você não tem jeito mesmo. Vão ou não vão nos receber?
— A entrevista está marcada para as 19 horas.
Renato olhou no relógio.
— Então devemos ir, são 18h30.
— Renato, você também vai?
— Vou, mas quem vai falar é você.
— Me tira dessa, vá, Renato. Não tenho jeito para essas coisas. Prometo que darei minha mesada deste mês para a nossa turma, se você falar por mim.
Renato bateu com as mãos abertas no meu joelho.
— Está bem, Rober, falarei por você, mas sem valer a mesada, pois você tem nos ajudado muito.
Depois mandou o chofer seguir para a moradia dos Moraes.

JAMAIS, NEM QUE VIVA mil anos, me esquecerei da bonita figura do menino alto, magro, com os olhos brilhando, os cabelos compridos, no meio daquela sala, cheia de estátuas, vasos, flores, onde o chão era tão luzidio que dava até para ver direitinho Renato beijando a mão da dona da casa numa mesura, e dizendo:
— Madame Moraes, um brasileiro precisa da senhora!
Madame Moraes, jovem, vestida como uma rainha, sorriu e com ar espantado perguntou:

— Um brasileiro precisa de mim?

— Sim, senhora. Li numa revista que a senhora pretende adotar um sul-vietnamita e, como brasileiro, estou aqui representando as nossas crianças abandonadas, aliás, neste momento represento uma delas e venho suplicar-lhe que a adote. Ela vive jogada nas ruas da nossa grande São Paulo. É um pequeno brasileiro que está definhando de fome, de frio, de falta de amor, assim como a criança vietnamita está com a guerra. São em duas guerras que essas crianças estão envolvidas, minha senhora. Só que a nossa criança é nossa irmã na Pátria, a nossa criança pisa a mesma terra que nós, respira o mesmo ar, vive debaixo do mesmo céu, está coberta pela mesma bandeira, verde, amarela, azul e branca. Ela é brasileira como a senhora, e é esse pequeno brasileiro que amanhã sentirá o sangue ferver nas veias se algum estrangeiro injuriar o Brasil. Levantará sua arma e oferecerá sua vida, em defesa da Pátria. Ah! minha senhora, quantos brasileirinhos sem lar e esfarrapados, se amparados hoje, levantarão amanhã alto as cabeças e cheios de orgulho dirão:

"Estava caído e um irmão brasileiro me estendeu a mão e me levantou. Nesse dia eu compreendi o quanto é grande e valoroso o coração dos irmãos brasileiros que são ricos. Hoje tenho um lar com uma mãe, um pai e irmãos. Sei o que é Natal e Papai Noel. Também vou às lojas comprar presentes no Dia das Mães, dos Pais, apago velinha no meu aniversário, conheço o mar e o clube, já comi de todas as frutas e de todos os doces. À noite me deito em uma cama bem quentinha e durmo feliz sabendo que lá no céu (que eu pensei que só tivesse nuvens) tem um Jesus velando por todos nós. Um Jesus que era uma criança linda, com imensos olhos azuis, com cabelos cheios de cachos dourados e que também nasceu sem caminha e que não teve nem um brinquedinho, mas que se naquela ocasião existisse uma madame Moraes, ele teria casa, cama e comida. Durmo pedindo a esse mesmo Jesus que cubra de bênçãos as famílias brasileiras que têm um filho adotivo".

Na sala caiu um grande silêncio, logo quebrado por madame Moraes, que, percebi, chorava. Depois, enxugando os olhos, disse com voz emocionada:

— Meu menino, diga a esse brasileirinho que você está representando que eu lhe peço perdão por não ter pensado nele e por ter tencionado colocar um estrangeiro em seu lugar. Amanhã mesmo irei ao Juizado de Menores e o trarei para esta casa, para ser meu filho e ao qual darei todo o meu amor, todo o amor que tenho dentro de mim, todo o amor que tenho em meu coração. Hoje, meu menino...

— Desculpe-me, madame, meu nome é Renato.

— Pois bem, Renato, como ia dizendo, hoje você abriu meu coração, fazendo-o gritar de alegria por lembrar-me que sou brasileira. Há muito tempo que não agradeço ao Senhor por ter-me dado o privilégio de ter nascido nessa sagrada terra. Devo isso a você, Renato.

— Não, madame Moraes, a senhora deve isso à turma de meu colégio, jovens ricos que, em vez de matarem o tempo com coisas vulgares estão cuidando de seus irmãos menos privilegiados pela sorte.

NAQUELA NOITE JANTAMOS com os Moraes, e dias depois toda a nossa turma, inclusive nossos pais e mães, foi convidada a jantar no palácio dos Moraes.

Estávamos todos no grande salão, que ficava pegado à enorme sala de jantar, quando alguém pediu silêncio. Calados, olhamos para o topo da escada que se iluminou por um foco de luz suave e vimos duas crianças de uns 2 anos, de mãos dadas, um menino negro e uma menina branca, que desciam as escadas seguras pelas mãos dos Moraes. Quando faltavam uns cinco degraus para descerem, madame Moraes disse:

— Caros amigos, apresento-lhes meus filhos, Sérgio e Vânia. Fui buscá-los em um asilo de crianças órfãs.

As crianças receberam mil afagos, agrados, beijos. Eu também as peguei no colo. Estavam tão levinhas e quando as apertei num abraço senti que eram osso puro. Tinham os olhinhos tristes e na boquinha fechada nem um sorriso. (Hoje estão gordas, fortes, felizes e sorridentes. É só a gente chegar e elas pulam nos braços, rindo e gritando de felicidade.)

Eu estava com uma criança no colo e procurei ver a outra e a vi nos braços de Renato. Nossos olhos se cruzaram e vi que os de meu irmão estavam cheios de lágrimas.

DAQUELE DIA EM DIANTE, centenas de famílias brasileiras adotaram órfãos e crianças abandonadas. Daqui a alguns anos, o brasileiro vai sentir o resultado desse amor ao próximo, vendo diminuir a criminalidade, pois uma criança que poderia ser um bandido estará dentro do lar que um brasileiro lhe ofereceu, estudando, bem alimentada, bem-vestida, e só pensando em ser útil à sociedade.

Ninguém nasce mau. A sociedade é que o fabrica. Estou dizendo isso porque uma família que procuramos disse ter medo de levar para a sua casa uma criança abandonada, pois não sabia se em suas veias corria o sangue de bandido. Foi aí que meu irmão disse que ninguém nasce bandido, bandido se fabrica.

Nós também temos a nossa criança adotiva. Foi Renato que a escolheu. Um dia fomos com mamãe visitar um asilo de crianças. Quando íamos passando pelo corredor vimos em uma sala um nenezinho que gritava sem parar. A moça que o segurava disse que ele havia sido encontrado no mato da Vila Medeiros, e que aquela inchação no olho direito era proveniente de picadas de insetos. Que o nenê estava todo enrugado porque era só pele que lhe cobria os ossinhos. Tinha chegado naquele momento e ia ser medicado. Renato pediu para ajudar e todo o tempo em que a menina de 3 meses ficou tomando soro ele não saiu de perto. Mamãe e eu visitamos as crianças e voltamos para a sala onde Renato estava com o bebê. Foi o bastante olhar para ele para sentir que não deixaria mais a criança.

Conseguimos licença para que a criança ficasse no melhor hospital infantil, pago por meu pai, até que os papéis de adoção ficassem prontos. Renato era o padrinho de Rosana, e Cilene, a madrinha.

Assim era meu irmão, adorado, puro, bom, prestativo, ativo, estudioso, enfim, sem falhas. Esse livro não daria para enumerar as qualidades de meu irmão; até que um dia...

PARTE ESCURA

CAPÍTULO 6
O COLÉGIO

NAQUELE DIA ACORDEI ouvindo o barulho do cortador de grama que o jardineiro manejava bem debaixo de minha janela. Aquele cheiro de mato cortado entrava pelas frestas da veneziana e eu respirava bem fundo para que aquele ar perfumado penetrasse em meus pulmões. Depois senti a Tuli, nossa cachorrinha, raspar a porta baixinho para entrar. Sabia que eram seis horas. Todos os dias era a mesma coisa e eu nem precisava olhar para o relógio. Pulei da cama. Abri a porta. Tuli pulou por todos os lados, latindo e abanando o rabinho. Eu fui para a janela e olhei o lindo dia que despontava, todo azul e amarelo. Acenei para o jardineiro, depois corri para o banho, vesti o roupão, abri a porta do quarto e parei para ver Renato, cantarolando, descer as escadas de dois em dois degraus e já no saguão beijar mamãe, que sempre nos esperava para tomar café e riu alto quando ele a levantou nos braços e passeou por tudo com ela no colo, rindo e fingindo que ia deixá-la cair.

Nunca vi Renato tão tagarela enquanto tomávamos café, mas no carro ele falou um pouco triste:

— Não sei por quê, mas gostaria de não ir ao colégio hoje.

— Que é isso, mano, justo hoje que começam os exames?
— Ah, já nem me lembrava.
— O que há Renato, algum problema?
— Nada. Ou melhor, estou com uma tremenda dor de cabeça.

O chofer ouviu e perguntou se queríamos parar em alguma farmácia.

Renato não quis.

— Isso passa. Obrigado.

Quando entramos no colégio, vi que Mário veio sorrindo em nossa direção e disse (Mário nunca mais, desde a briga, nos cumprimentara):

— Oi, Renato, posso falar com você?

Renato sorriu, mas eu fiquei sério, olhando para Mário com o sobrolho franzido. Ouvi o que ele falava:

— Sabe, Renato, analisei bem a nossa situação e cheguei à seguinte conclusão: não devemos continuar com esse rancor bobo, já que o ano se finda e não pretendo continuar nesse colégio no próximo ano. Que tal apertarmos as mãos?

A mão de meu irmão apertando a mão de Mário e sua voz calma e amiga:

— Penso como você, Mário, não devemos nos deixar envolver por problemas infantis. Sejamos amigos.

Mário virou-se para mim e esticou a mão; eu ia levantar a minha, mas quando fixei meus olhos nos seus, vislumbrei lá no fundo de seu olhar algo duro, mau. Abaixei a mão, virando-lhe as costas e entrei na sala de aula, não antes de ver que Mário dava o braço para Renato e seguiam os dois em direção à lanchonete. Logo mais, Renato veio para a classe, bem na hora em que começaram os exames. Olhei para Renato e vi que ele suava muito e passava a mão constantemente pela testa.

— Que foi, Renato?

— Nada, nada. Tomei um comprimido que o Mário me deu para passar a dor de cabeça. Eu...

O professor pediu silêncio. Mas eu não conseguia me concentrar no exame. Todos os momentos levantava os olhos e ficava com o coração batendo desordenadamente por ver meu irmão tão inquieto.

Na saída, Mário apareceu outra vez, falando que a turma dele tinha resolvido fazer uma festa em benefício dos favelados que Renato ajudava naquele momento e que meu irmão devia ir à reunião deles.

Renato me convidou, mas eu preferi ir para casa e avisar mamãe como Renato pediu. Na hora do jantar, Renato ainda não havia chegado, o que deixou mamãe muito preocupada.

— Ora, querida, Renato não necessita de tanta vigilância. Ele é um menino responsável. E depois, ele cresceu, não é mais o menininho que tem de ficar agarrado à saia da mamãe.

Papai riu e abraçou a mamãe, indo para o salão de visitas. Eu subi para o meu quarto e fiquei pensando em Renato. O que ele poderia estar fazendo até aquela hora (22 horas) fora de casa? Aí me senti mais tranquilo quando me lembrei que uma semana antes a minha turma discutiu sobre a puberdade e Renato disse:

— Rober é muito criança para ouvir certas coisas.

— Que é isso, Renato, já estou com 13 anos, com essa idade você já tinha namorada, lembra-se? Gostaria de saber o que é puberdade.

— Ah! É mesmo. — Então Renato ficou me explicando que puberdade é a idade em que os seres humanos adquirem capacidade para procriar.

— Se é assim, vamos fazer um programinha. Sei onde existem garotas para essas coisas.

— Não, não, deixe para quando você fizer 15 anos.

Meu irmão já tinha mais de 15 anos. Era isso, devia estar com alguma garota. Assim pensando adormeci, mas acordei logo, quando ouvi três batidinhas na porta do meu quarto, pulei rápido da cama, pois sabia que era Renato, e quando abri a porta e olhei para meu irmão, vi que os olhos dele estavam bem vermelhos.

— Renato, o que foi que aconteceu?! Você já falou com mamãe? Ela estava tão preocupada! Seus olhos, mano, por que estão tão vermelhos?

Renato bateu com as mãos abertas no meu rosto e falou com uma voz que nem parecia a dele:

— Tudo bem, Rober, você sabe, a gente já precisa de garotas, agora durma. Até amanhã.

— Boa-noite, Renato.

Quando ele ia saindo, virou-se e disse:

— Responda-me uma coisa, Rober, por que você trancou a sua porta à chave?

Aí eu também fiquei admirado, pois nem reparara nisso.

— Nem sei, não percebi que a tinha trancado.

Ele pensou um pouco e depois disse:

— Sabe de uma coisa? Acho bom que daqui para a frente você a tranque sempre.

— Mas por quê?

— Também não sei explicar.

Na manhã seguinte, quando estávamos tomando café, mamãe comentou sobre o inchaço que aparecia em volta dos olhos de Renato.

— Ora, mamãe, é que li muito, depois dos exames tudo voltará ao normal. Agora, tchau, mamãe, vá lá um beijo.

LOGO QUE DESCEMOS do carro, Mário e sua turma cercaram Renato e todos foram andando, rindo e brincando. Eu fui para a minha sala sem compreender por que no lugar do coração sentia um tremendo peso, mas logo passou quando vi Renato entrando superalegre. Nunca o vira assim, falava alto, ria, brincava com todos, soltava piadinhas, mas na hora do exame vi que ele não conseguia se concentrar. Na saída foi a mesma coisa do dia anterior, ele saiu com Mário e sua turma.

Quando cheguei em casa, mamãe me olhou assustada.

— Onde está seu irmão?

— Saiu com a turminha do Mário.

— Mário?

— Sim, mamãe.

— Mas Mário não é aquele menino que bateu em um pobre velho bêbado?

— É, mamãe.

— Ele não era inimigo de Renato?

— Pediu desculpas e estendeu a mão à procura de amigos. Assim, são amigos.

— Amigos, mas assim tão de repente?

— Eu também não aprovo essa amizade, mamãe. A turma de Mário é de péssima conduta. Eles não respeitam nenhum dos professores, ouvi dizer que no próximo ano o colégio não vai mais aceitar suas matrículas.

— Preciso conversar com seu pai. Por favor, meu filho, ligue para o papai e diga-lhe para vir urgente, estou muito nervosa para falar ao telefone.

Papai chegou em uma hora se queixando do trânsito e, quando mamãe contou por que o chamara, ele riu muito.

— Mas, querida, não se preocupe, você não vê que esse é o problema de todos os adolescentes? Reunião em turminhas, bate-papos,

barzinhos, namoradas, vamos lá, meu bem, como lhe expliquei ontem, nosso filho sabe o que está fazendo. Ele é muito seguro, não vai se deixar seduzir por más companhias.

Papai andou pela sala e, virando rápido com os braços abertos e batendo nas coxas, disse alegre:

— Quer saber de uma coisa? Renato é incorruptível. Confio tanto em meu filho que o deixaria livre pela grande cidade sem me preocupar com sua idade. Agora um sorriso, querida, e confie um pouco mais em nosso filho.

Mamãe se animou e acabou concordando com papai que eram apenas problemas da juventude.

NAQUELA NOITE não vi Renato chegar, e no dia seguinte, quando nos dirigimos ao colégio, eu lhe disse:

— Renato, hoje é dia da reunião do "Eu sou seu amigo", você irá ou vai preferir a companhia de Mário?

— Ah, Rober, foi bom você tocar nesse assunto. Eu gostaria que você me substituísse hoje.

— Substituir como?

— Ora, mano, você será o chefão. Chega lá e diz que eu estou doente e que o mandei, ou invente qualquer coisa. Tá bom?

— Mas o que há, hem, Renato? Não estou entendendo. Você falando gíria?

— Eu?

— É.

— Que foi que eu disse?

— Tá bom.

— Ah!

— Você está tão estranho.

— Ora, Rober, você está vendo fantasmas.

— Então me responda: o que você vai fazer depois da aula?

Renato pensou um pouco e depois disse:

— Quer saber mesmo?

— Quero.

— O pai de Mário emprestou a fazenda lá em Mato Grosso para um festival de música, ou melhor, de rock, e eu estou organizando tudo. Cinquenta por cento da renda serão para "Eu sou seu amigo".

Senti um arrependimento tão grande de ter pensado mal de Renato que o abracei com lágrimas nos olhos.
— Que foi, Rober?
— Oh! Renato, me juntei às preocupações de mamãe. Temi pelas más companhias. A conduta da turma de Mário é péssima.
— Nem tanto, Rober. Mário é jovem, inseguro e sofre de períodos de melancolia. Ele me contou que age sempre com violência porque não encontra alegria em nada de bom que a vida nos oferece. Você entende, apesar de se mostrar valentão, Mário é um jovem tímido e tem vergonha até de beijar uma garota. Um dos amigos de Mário me contou que ele levou um ano para beijar a namorada. O negócio não é cômico, não, mano, é grave. Ele precisa de um amigo que o incite a ter coragem. Eu me propus a isso, você entende, né?
— Entendo, Renato, juro que não tocarei mais no assunto.

O COMPORTAMENTO de Renato continuou igual, com papai e mamãe acreditando em ânsia da juventude e eu acreditando em festival de música.
Repetiu o ano.

PAPAI CONVERSOU com Renato e ele disse, nervoso:
— Errar é humano. Você não ia querer uma coleção de medalhas de ouro, né?
Senti que papai ficou sem saber o que responder. Por muito tempo ficou olhando Renato, sério, e depois falou:
— O que há, meu filho? Sinto-o tão mudado. Se alguma coisa o preocupa, fale com seu pai, vamos.
Renato andou pela sala agitando os braços.
— Mas, afinal, não entendo tantos cuidados. Não tenho nada, só não fui bem nos exames e pronto. Parece que o mundo caiu.
— Não é sobre os exames que estou falando, Renato. Sua mãe anda apreensiva porque você não tem se alimentado e constantemente se queixa de que está com a boca seca. Eu também tenho notado que seus olhos se apresentam sempre inchados. Na minha opinião, você deve consultar um médico.
— Ora, papai, já expliquei para mamãe que isso tudo é porque ando trabalhando muito no festival de rock, que começará no próximo sábado. No final do festival irei para a nossa fazenda. Prometo que lá comerei um boi inteirinho e tomarei mil baldes de leite.

E assim Renato justificou a quarta série perdida e pediu permissão para passar cinco dias no festival.
— E seu irmão, por que não vai?
— Porque ele não gosta do Mário.

O ANO ESCOLAR começou com novos amigos, pois só Renato e eu éramos repetentes.

Fiz amizade com Marcos, um jovem inteligente que era filho de um investigador de polícia. Uma tarde, na hora da saída, encontramos o investigador conversando com o professor Mariano.

Marcos pediu-me para esperar alguns minutos pois ele ia ver do que se tratava. Quando ele voltou, me disse:

— Papai veio pedir informações a respeito de um tal Mário Figueiredo.
— Mário Figueiredo?
— É. Você o conhecia?
— Mais ou menos. Mas o que houve?
— Ele foi preso.
— Preso? Mas por quê?
— Fuma maconha e é suspeito de viciar estudantes aqui do colégio.

Senti meu coração disparar e acho que todo o sangue fugiu do meu rosto porque Marcos falou rápido:

— Mas por que você ficou tão branco?

Passei a mão pela testa e a senti gelada.

— Nada, nada. Escute, Marcos, onde está o Mário agora? Está na cadeia?
— Não, a polícia entregou-o ao pai. Você entende, menor não fica preso.
— Como é que a gente sabe que uma pessoa está viciada em droga?
— Bem, eu não sei explicar direito. Só tenho 14 anos, mas sei que a pessoa começa a perder o apetite, fica com a boca seca, olhos vermelhos e inchados.

Meu pensamento correu a buscar a imagem de meu irmão, batendo na porta de meu quarto naquela primeira noite que voltou tarde e quando abri a porta vi seus olhos vermelhos. Depois de manhã, na hora do café, mamãe perguntando por que seus olhos estavam tão inchados. Depois a falta de apetite e a boca seca.

Olhei para Marcos e, sem poder articular uma palavra, virei-lhe as costas e fui correndo para o nosso carro. Fiquei surpreendido ao ver Renato sentado no banco de trás, coisa que ele não fazia nunca, e também fiquei intrigado por Renato querer voltar tão cedo como fazia antigamente.

— Oi, Renato, você vai para casa?

— Claro, para onde você queria que eu fosse?

— Talvez consolar o seu amigo Mário.

Renato me olhou assustado.

— Por que eu deveria consolar Mário?

Pela primeira vez senti uma grande revolta contra meu irmão, e procurei falar tudo o que tinha guardado dentro de mim.

— Ora, Renato, não seja cínico. Você sabe muito bem que espécie de homem é Mário.

— Sinceramente, não estou entendendo nada.

— Não entende nem que anda tomando droga. — Falei entre-dentes para o chofer não escutar.

Por um momento, meu irmão ficou me olhando com os olhos bem abertos e mudo, depois gritou:

— Quem foi que lhe falou tamanha besteira? Fale, fale logo que eu vou lá partir-lhe a cara.

— Se eu fosse você, partiria a cara de um sujeito: Renato Lopes Mascarenhas.

— Olhe aqui, Rober, não admito que você fale assim comigo, você entende?

— Falo quanto quiser, Renato, porque a nossa família não merece isso. Hoje mesmo vou falar com o papai.

Renato gritou:

— Pare o carro, Walter. Vou tirar esse sujeitinho daqui a socos.

— Calma, seu Renato, o senhor não deve fazer...

— Pode deixar, Walter. Eu não tenho medo da altura, das pernas fortes e dos músculos de Renato. Pode parar o carro, estou mesmo com vontade de dar uma surra em pessoas de espírito fraco.

Mas Walter não parou o carro e dobrou a velocidade. Isso acalmou meu irmão, que falou baixo:

— Escute aqui, Rober, não precisa contar nada a papai porque tudo não passou de uma terrível experiência. Eles iriam sofrer muito, você entende? Eu peço, por favor, e prometo que nunca mais olharei para qualquer droga. Juro solenemente. — Sua mão levantada.

67

— Você está dizendo isso porque está com medo da família ou está sendo sincero?

— Estou sendo sincero.

— Francamente, não sei como você caiu nessa.

— Eu também não entendo. Você se lembra daquele dia em que eu estava com dor de cabeça e o Mário me deu aquele comprimido? Pois bem, aquilo era droga. Eu não sabia, você entende. Mas quando Mário me convidou para aquela reunião, eu lhe contei que estava com um formigamento na mão e tonto e que também sentia formigamento nas pontas dos pés, ele me disse:

— Vamos até a casa de um amigo de papai que é médico. — De fato, lá estava um jovem todo de branco que me aplicou uma injeção, aí eu fiquei deitado, vendo coisas apavorantes. Queria gritar e não podia. Quando tudo acabou, eu estava quebrado, você entende? Assim com as pernas e os braços moles, dor de cabeça e um mundo de coisas. O médico me deu outro comprimido e eu me senti melhor. Daí a algum tempo descobri que o "médico" é um traficante de drogas, mas eu já estava entre eles. Ah, Rober, tudo é tão medonho. Esse traficante é o responsável pela distribuição das drogas nos colégios.

— Mas isso é horrível, Renato. Você precisa denunciá-los à polícia. Devemos destruí-los antes que outros estudantes caiam nesse poço escuro. Vamos, mano, vamos à polícia.

— Você está louco, Rober. Você não entende, eles são muitos. Se a gente se meter nisso está sujeito a levar uma facada pelas costas ou então eles se vingam em qualquer pessoa da família. Mário me contou que em Brasília foi raptada e morta uma menina, por traficantes de drogas.

— Mas aqui em São Paulo é diferente. Você não ouve sempre papai dizer que o nosso secretário da segurança é o mais competente secretário da segurança que São Paulo já teve? Ele combate mesmo os bandidos, sem medo desse ou daquele. Vamos, mano, vamos à polícia sem temer, pois ficaremos debaixo da capa protetora do secretário de segurança.

— Não posso, mano. Você entende, e depois nem sei quem são ou onde se encontram. Você entende, eles colocam os estudantes na frente, na luz e ficam escondidos no escuro, nas sombras.

— Mas como os estudantes compram drogas? Nunca vi nada suspeito no colégio ou adjacências.

— Os traficantes não querem que os estudantes corram risco para adquirirem a erva, por isso, convidam para ir às suas casas. Isso até viciar o estudante. Depois mandam um "secretário" entregar a droga. Esse "secretário" sempre é um estudante.

— No nosso colégio esse "secretário" é o Mário, não é?

— É. Mário entrega a cada estudante viciado um pacau, por um preço que varia de 50 a 100 reais, e se o estudante conseguir viciar outro estudante, tem desconto de dez por cento.

— Mas isso é um crime horrível, Renato. Temos que fazer alguma coisa. Nós temos que falar com papai.

— Não, não, papai e mamãe não devem saber de nada. Esse problema não é nosso e nem deles. Você entende?

— Como não é nosso?! Então você se vicia por aí e diz que o problema não é nosso? Claro que é!

— Por enquanto deixe como está, Rober. Já disse que não volto a puxar fumo. Já disse que tudo foi um pesadelo medonho, você entende?

— Só entendo uma coisa, Renato. Você vai se recuperar, se Deus quiser, mas, e os outros? Quantos estudantes esses traficantes viciam por dia? É pensando neles que devemos ir até a polícia, ser como sempre foi, em defesa do fraco. Você vai ver, todos ficarão orgulhosos de você.

— E aí ganharei outra medalha de ouro, né, Rober, e a medalha de ouro lá pendurada na parede de meu quarto, e talvez papai e mamãe, você ou Rosana, com um tiro nas costas jogados por aí em qualquer estrada, em qualquer mato. Não, Rober, não é assim tão fácil. Quem coloca o pé nessa teia negra fica enroscado a vida toda.

— Mas converse com papai, pelo amor de Deus, ele o ajudará, deve existir algum meio.

— Algum dia, talvez, Rober, eu fale com papai. Hoje não, você entende? Hoje não, não estou em condições de dialogar com ninguém. Você entende?

— Está bem, Renato, mas lembre-se que papai é nosso grande amigo, ele saberá o que fazer.

— Falarei com papai, falarei, mas na hora certa. Juro, juro que falarei, mas agora mude de assunto, pois começo a tremer todas as vezes que fico nervoso, não sei o que há, mas sinto uma quentura correr pelo corpo todo e concentrar-se no rosto e parece que ele pega fogo.

Renato apertou o rosto nas mãos abertas e assim ficou até que chegamos em casa.

Assim que papai chegou, foi abraçando Renato e falando alegre:

— Então, meu filho, volta a jantar conosco? Fico muito contente, você não pode fazer ideia de como me sinto quando vejo a sua cadeira vazia.

— Ora, papai, o senhor entende, são coisas da adolescência. Aposto que no seu tempo a moçada fazia a mesma coisa. Alguns bate-papos, ouvir som, e outras coisas, o senhor entende.

Papai riu.

— Eu disse à sua mãe que essas suas fugidinhas ao cair da noite são naturais. Só espero que compreenda a nossa preocupação, Renato, e não volte depois das dez.

Papai e mamãe riram à toa e eu sentia cortar lá dentro, sentindo o que eles poderiam sofrer se Renato não cumprisse a promessa de não usar mais droga.

— Coma, meu filho. Olhe, essas empadinhas estão uma delícia, até a Rosana está gostando.

Renato olhou para Rosana, que sentadinha na cadeira alta estava fazendo a maior lambuzeira, e tentou dar de comer a ela, mas vi que suas mãos tremiam e para que meus pais não percebessem eu fingi que estava passando mal e pedi a Renato para me acompanhar.

No quarto:

— Eu estava encenando mano, você tremia muito.

— Eu percebi.

— Espere que vou à cozinha e lhe trago uma porção de coisas boas.

— Não, não Rober, quem não está bem sou eu. Desça e diga à mamãe que vou dormir cedo. Peça para não me incomodarem. Até amanhã, Rober.

NOS DIAS QUE SE SEGUIRAM, Renato voltou sempre comigo para casa depois da escola, mas todos nós víamos que a sua saúde piorava. Ele tremia cada vez mais, a ponto de não conseguir pegar nos talheres para comer ou nas alças da xícara para o café.

Não comia, não falava, não ria. Suas notas eram as piores da classe. Andava sempre agitado, abrindo e fechando as mãos e seus olhos iam de um lado para o outro procurando alguma coisa que só eu sabia o que era: droga.

Renato não quis de forma alguma ir consultar o médico. Era só falar em médico que ele começava a gritar e se trancava no quarto o tempo todo.

Um dia, resolvi conversar com papai sobre a doença de Renato. Esperei na garagem e assim que ele desceu do carro, eu lhe disse:

— Papai, Renato precisa do senhor.

— O que aconteceu?

Papai me olhou assustado, e eu olhei para o farfalhar dos arbustos que rodeavam a garagem e do meio deles saiu Renato sorrindo, mas seus olhos estavam frios e duros.

— Eu mesmo falo, Rober, pode deixar. Sabe, papai, Rober acha que estou doente, como você e mamãe também (foi a primeira vez que Renato falou você para papai, senti que papai estranhou, mas nunca tocou no assunto). Vocês acham que eu estou tremendo, mas isso é pura ilusão ótica. Olhe, papai, me dê um cigarro.

Papai relutou.

— Cigarro?

— É. Do que se admira? A juventude moderna fuma, papai, você entende? Se eu disser aos meninos do meu colégio que não se deve fumar na frente dos pais ou avós, eles vão morrer de rir, vão até me chamar de quadrado. — Renato falava, falava alegre, com os olhos brilhando.

— Meu filho, por que você não espera a maioridade para fumar, até lá você vai compreender que o cigarro pre...

— Prejudica a saúde. Ora, papai, afinal vou fazer 17 anos. Preciso seguir os passos do nosso tempo. Não posso estar por aí vivendo o passado e também não quero fumar escondido. Estou lhe dizendo num diálogo franco que fumo e é só, você entende? Dê cá o cigarro, vá papai.

— Você é muito criança para fumar.

Renato caiu na gargalhada.

— Então, como é que vou mostrar que não estou tremendo? Ah! Já sei. Pego essa flor e estico o braço. Taí, sem uma tremidinha, nem uma tremidinha, acredita agora?

Papai ficou por um longo tempo olhando meu irmão e depois, como se acordasse de um profundo sono, saiu depressa da garagem e se encaminhou para a biblioteca.

NESSA NOITE JANTOU conosco um homem alto, forte, de uns 40 anos, que papai nos apresentou como "um amigo de infância".

Vi que o amigo de papai, que se chamava Daniel, olhava, todos os instantes, furtivamente para Renato.

Depois do jantar ele convidou Renato para um jogo de xadrez. Renato adorava jogar xadrez e era um dos campeões nesse jogo, mas naquela noite ele disse que não podia, pois tinha um encontro com Cilene e saiu de táxi.

Quando o senhor Daniel foi embora, papai foi para a biblioteca dizendo que ia trabalhar e eu fiquei na sala brincando com Rosana. Mamãe foi assistir à novela que ela gostava muito.

Quando a empregada levou Rosana para o quarto, eu resolvi ir para o meu quarto e no corredor ouvi alguém soluçar alto.

Parei com o coração dando pulos. Agucei os ouvidos e descobri que tudo vinha da biblioteca. Fui em direção a ela, pé ante pé, e bati na porta. Nada. Bati outra vez. Nada. Então eu abri a porta e entrei. Não havia ninguém. Mas eu jurava que tinha ouvido um choro. Relancei um olhar ao redor e tudo estava quieto e na penumbra. Olhei a grande porta de vidro que dava para o terraço, estava escancarada, fui andando, passei por ela e vi o vulto alto e bonito de papai encostado na mureta, olhando para o céu. Aproximei-me sem fazer ruído a tempo de ver que papai enxugava, com as costas das mãos, lágrimas que lhe escorriam pelo rosto. Nem posso explicar o que senti. Foi como se o mundo tivesse desmoronado. Senti-me só e pequenino, nem sabia o que fazer. Fiquei parado e quieto. Meus braços foram se esticando até pousarem sobre o coração de meu pai e de minha boca a voz saiu rouca e dolorida.

— Papai...

Ele virou-se rápido e, deixando fugir toda a tristeza de antes, falou sorrindo:

— Rober, meu filho, o que foi?

— Nada, papai, só queria lhe pedir a bênção.

Ele me abraçou fortemente e senti que tremi inteiro.

— Oh, meu filho, como eu gostaria de defendê-lo contra todos os males deste mundo, mas quem somos nós, míseros mortais, para enfrentar as grandes tragédias do universo. Vá deitar-se, filho, com a minha bênção e com o meu pedido a Deus que o poupe, o poupe do...

Sua voz ficou enroscada na garganta e eu corri para o meu quarto para não vê-lo sofrer mais, pois percebi que papai já desconfiara de que Renato era viciado. Pobre papai, como sofria. Deitei olhando o teto e fiquei pensando em mamãe e apertei a cabeça nas mãos e chorei muito. O que deveria fazer para ajudar os meus pais e irmão? A quem deveria recorrer? A meus avós? Não, eles já estavam tão velhinhos. Aos meus parentes? Não, eles não deveriam saber. Seria uma grande vergonha para nós. A quem? A quem? A que amigo poderia confiar tamanho segredo?... Aí o rosto do mestre Mariano surgiu na minha frente e sua voz parecia entrar pelos meus ouvidos:

"Usarei na minha classe métodos de educação antigos. Não admitirei ninguém fumando, ninguém desrespeitando os mais velhos. Todos terão que pedir a benção aos pais antes de saírem de casa...".

Sim, no dia seguinte iria falar com o meu mestre da primeira série, o meu querido mestre, tão bom, tão compreensivo, tão leal, tão amigo.

CAPÍTULO 7
MEU MESTRE

ASSIM QUE CHEGUEI ao colégio, corri para a primeira série, olhei para a mesa do mestre e senti um vácuo no estômago quando vi que o professor era outro.

— Por favor, onde está o professor Mariano?
— Está doente.
— Doente?
— É. Doente.
— O senhor sabe onde ele mora?
— Na diretoria você encontrará o endereço.

Assisti às aulas com impaciência, pois não via a hora de chegar à casa do mestre.

Chamei um táxi e indiquei o endereço.

Toquei a campainha num modesto sobradinho lá na Casa Verde e na porta apareceu uma moça com os cabelos amarrados para trás e enxugando a mão no avental. Seis cabecinhas surgiram atrás dela.

— Pois não...
— Desejaria ver o professor Mariano. Meu nome é Roberto Lopes Mascarenhas. Fui seu aluno na primeira série.
— Entre, ele está no quarto. É por ali.

Apesar de a porta estar aberta, dei umas pancadinhas e o mestre abriu e fechou os olhos até que me reconheceu.

— Roberto, meu rapaz, entre, entre. Mas que prazer me causa a sua visita. Como você cresceu. Sente aí nos pés da cama, meu rapaz.

Aí mesmo. — Depois, olhando as carinhas que espiavam na porta: — Vá todo mundo brincar, vamos!

Senti um nó na garganta quando vi que o meu mestre, tão grande em sua sabedoria, vivia tão pobremente. O colchão era duro que parecia pedra, as roupas da cama velhas, os móveis descascando, o tapetinho gasto, mas sua voz e as coisas que dizia valiam todo o dinheiro do mundo.

— Mestre, eu preciso do senhor, mas gostaria de lhe falar a sós. — Olhei para as crianças que já estavam com meio corpo dentro do quarto.

— Então, feche a porta, filho.

Empurrei delicadamente a porta. As crianças se afastaram.

— Sabe, mestre, o caso é que, bem o senhor...

Não conseguia entrar no assunto. Sentia-me como se fosse desaparecendo aos poucos. Tinha vergonha de falar ao mestre sobre drogas, mas ele parecia adivinhar, o meu querido mestre, que eu estava me sentindo só e amedrontado.

— Olhe, Roberto, aí atrás de você tem um prato cheio de maçãs. Ganhei de um aluno que veio me visitar ontem. Pegue uma para você. Estão bem docinhas.

— Não, professor, obrigado, eu... eu...

— Prefiro que me chame de mestre, Roberto. Assim me lembro do nosso valente Renato, que considero um dos melhores alunos que passaram pelo Rio Negro. E por falar em Renato, como está o nosso pequeno herói?

Acho que fiquei branco como um defunto, pois o mestre falou assustado:

— Aconteceu alguma coisa ao Renato? — apertando a garganta. — Ele está doente?

Escondi o rosto nas mãos e chorei.

O mestre tentava se levantar com grande dificuldade, quando lhe pedi:

— Não, por favor, mestre, não se levante. Eu estava um bocado nervoso porque vi meu pai chorar ontem. Não sei o que fazer, por isso vim pedir sua ajuda.

— Alegro-me de todo coração por um ex-discípulo lembrar-se de mim. Há bastante tempo que não via nenhum aluno da primeira série e tudo farei para ajudá-lo, Roberto, seja lá o que for, estaremos juntos.

Peguei-lhe as mãos e as cobri de beijos.

— Oh! Mestre, muito obrigado, Deus lhe pague, o senhor me tirou um grande peso do coração. Agora lhe abrirei a alma, sem temer nada. Ontem meu pai chorava porque Renato está usando drogas.

O mestre sentou-se na cama de ímpeto e, ao olhá-lo bem no rosto, vi pela sua palidez o quanto as minhas palavras o chocaram. Depois balbuciou:

— Renato!? Renato!? É inacreditável. Você tem certeza?

— Tenho, mestre.

— Mas, como isso aconteceu?

— Ele foi enganado por Mário Figueiredo. Tomou um comprimido como sendo para dor de cabeça e era droga. Depois ficou na turma de Mário. É uma turminha controlada por espertos traficantes que os viciam.

— Como você soube tudo isso?

— Renato me contou. Ele não quer que eu conte a papai. Disse que não ia mais usar drogas, mas ontem decidi contar tudo. Ele apareceu na hora, mas estava tão estranho! Tratou papai com cinismo e petulância. Nem parecia meu irmão. Teve a ousadia de pedir cigarros para papai. Papai que nem fuma na frente da gente para dar exemplo. Na hora do jantar ria o tempo todo, sem motivo. Não comeu e só falava sem parar, sendo observado pelo convidado de papai, e hoje telefonando para esse convidado vim a saber que era um psiquiatra. Quando meu pai chorou, eu desconfiei logo que chorava porque Renato é viciado. Sei que papai fará tudo para não ver Renato se acabar nas drogas, mas também sei que não adianta nada a ajuda de papai se não descobrir os traficantes que agem no colégio, pois é doloroso a gente falar. Mestre, a droga é vendida dentro do Rio Negro.

Um longo silêncio.

— Meu filho, isso é muito grave e muito perigoso, mas logo que voltar a trabalhar começarei uma ferrenha sindicância. Também terei uma longa conversa com Renato.

— Acho bom o senhor não falar com o Renato; ele está de um jeito que nem dá para dialogar.

TODOS OS DIAS, assim que chegava à escola, ia correndo ver se o mestre Mariano já havia chegado, mas com enorme tristeza via sempre outro rosto em sua mesa. Enquanto isso, Renato transformava-se num péssimo caráter, mau aluno e desleixado ser humano. O dia em que mamãe descobriu foi terrível. Tremo só de lembrar.

ERA UM DIA bem azul. Lembro-me que o professor falava sobre poluição e a turma ria, porque da janela de nossa classe se avistava longe aquela imensidão de azul com o sol amarelando tudo. Renato, poucos minutos antes, pedira licença para ir ao banheiro. Como ele estava demorando muito, resolvi ir ver o que havia acontecido, e foi aí que encontrei mamãe muito assustada e aflita no corredor.

— Mamãe!

— Roberto, filhinho, o que aconteceu ao seu irmão, onde está ele?!

— Não sei, mamãe. Renato não está na classe. Mas o que a senhora está fazendo aqui?

— Recebi um telefonema do diretor dizendo que seu irmão está doente.

— Então venha por aqui, mamãe. A sala do diretor é ali no fim do corredor.

Mamãe bateu nervosa na porta que se abriu e apareceu o rosto sério do diretor.

Entramos e nos deparamos com Renato, com os olhos em fogo, insolente, dizendo:

— Então, supermamãe, que cara é essa? Está por acaso vendo um fantasma? A senhora entende, todo mundo puxa fumo aqui nesse oásis de colégio. E o diretor quer me colocar nesse bolo. A senhora entende, eu tomei os remédios que aquele amigo do papai, o Senhor Daniel, que na verdade é médico para loucos, mandou. Não se assuste, mamãe, realmente é um médico, médico para loucos. Papai o convidou para jantar e o médico viu em seu adorado filhinho um... deixe que eu fale dentro do seu ouvido, viu um louco. — E Renato abriu as mãos em garra e imitando uma fera pôs-se a gritar pela sala.

Mamãe, mais morta do que viva, tirou os olhos de Renato e, voltando-se para o diretor, perguntou com voz trêmula:

— O que ele tem? O que fizeram com o meu filho? O meu Renato?

— Drogas, minha senhora.

— Drogas?!

— Sim.

— Isso quer dizer... drogas?

— Exatamente.

— Mas... meu filho... meu filho... usa drogas?

— Sim.

Os gritos de mamãe se misturaram aos berros de Renato.

— É mentira, mamãe, esse bastardo está mentindo. Foi o remédio, o remédio que o médico me deu. É mentira, eu vou é matá-lo, seu mentiroso, vagabundo de uma figa.

Mamãe correu e se pôs entre o diretor e Renato.

— Meu filho, não faça isso, em nome de Deus não faça isso.

Mas Renato avançava estreitando os olhos, esticando os braços e sacudiu mamãe, gritando:

— Saia da frente, quero pegar esse mentiroso.

Eu pulei e, ficando bem perto de Renato, falei calmo:

— Tire suas mãos de cima de mamãe, Renato. Lembre-se, ela merece todo o respeito do mundo.

Renato me deu um pontapé.

— Saia, pirralho, antes que eu o...

Mas uma porção de gente já segurava Renato, que se debatia para todos os lados, só se acalmando quando o enfermeiro do colégio lhe aplicou uma injeção para dormir.

Eu telefonei para papai.

Foi triste a nossa saída. Papai carregando Renato nos braços, pois não quis vê-lo na maca, com os enfermeiros de branco e tudo. Mamãe chorando sem parar e se apoiando em mim. E eu com o rosto vermelho como brasa, andava olhando o chão sem coragem de levantar a cabeça e fitar os colegas que abriam alas à nossa passagem. No carro eu me sentei à frente com o chofer e Renato, no meio de papai e mamãe, com a cabeça repousando no ombro de papai, respirava suavemente.

— Para onde vamos, patrão?

— Para o Morumbi, no hospital que lhe falei.

Mamãe falou rapidamente:

— No hospital? Mas por quê?

— Renato vai se tratar com o Doutor Daniel, querida, ele é um dos maiores psiquiatras de São Paulo. Daqui a algum tempo Renato voltará a ser o nosso Renato de antes, não se aflija. Desde que descobri que o nosso filho se envolveu com droga procurei me enfronhar em tudo que diz respeito a ela e descobri que muitos viciados, principalmente estudantes, se recuperam com um curto tratamento.

Mamãe olhou tristemente para Renato e passando-lhe as mãos pelo rosto disse:

— Não, querido. Não quero Renato no hospital, eu mesma tratarei dele. Dar-lhe-ei todo o amor que talvez não tinha dado, pois ele poderia estar tão escondido lá dentro da minha alma e eu não tenha conseguido ver. É isso, querido, não dei o amor que uma mãe pode dar, todo o amor e carinho, e talvez por isso Renato tenha procurado na droga alguma coisa que lhe faltou dentro do lar.

A fisionomia de papai era triste, ele apertava a mão de mamãe que ainda continuava no rosto de meu irmão.

— Pobre querida, não existe nada nesse mundo que você, como mãe, não tenha oferecido ao nosso filho. Você lhe deu a parte azul da vida e essa maldita droga está puxando o nosso filho para o abismo profundo e medonho de onde nunca mais sairá se não for tratado por gente competente, por um bom psiquiatra. É por isso que vou confiá-lo ao Daniel. E se o psiquiatra não conseguir curá-lo eu prefiro vê-lo morto.

Mamãe levou as mãos aos lábios, mas não conseguiu abafar o grito de dor que cortou meu coração.

— Não fale assim, Rubens, pelo amor de Deus. — Mamãe falou por entre soluços.

— Desculpe-me, querida, estou tão chocado, tão revoltado com tudo isso que nem sei o que falo.

— Rubens, eu quero o meu Renatinho em casa, deixe-o comigo, eu falarei com ele, tenho certeza de que ele me entenderá. Por favor, diga que sim.

— Está bem, Lídia, dessa vez...

— Não haverá outra vez, se Deus quiser.

Pobre mamãe, se ela soubesse com que monstro ela iria começar a lutar...

NO DIA SEGUINTE, Renato acordou, mas não pôde levantar. Queimava de febre. Veio o médico e diagnosticou pneumonia. Meu irmão deveria ficar um mês na cama, enquanto isso eu resolvi falar com Mário. Não sabia onde encontrá-lo, pois na diretoria do colégio negaram-se a fornecer-me o endereço.

Mas Deus me ajudou e assim que entrei na classe quase estourei de alegria: o professor Mariano conversava com o meu professor. Corri para ele e me atirei em seus braços. Juro por tudo o que é mais sagrado que os meus olhos se encheram de lágrimas e chorei de cara levantada e nem liguei que todos estivessem olhando.

— Mestre, o senhor caiu do céu. Eu preciso tanto do senhor.

O mestre pediu licença ao meu professor para conversarmos em outra sala.

— Pode ir, Roberto, pois nesse mês você passou em todas as provas. Fica dispensado das aulas de hoje.

Quando íamos pelo corredor eu disse ao mestre:

— Perdoe-me por não ter perguntado sobre a sua saúde, mas vejo o senhor tão bom. Parece estar com uma saúde de ferro.

— De fato, já estou curado. Bom para começar a combater esses miseráveis traficantes. Juro que não descansarei enquanto não os arrancar da toca em que se escondem e levá-los até as barras dos tribunais e vê-los apodrecer nas prisões.

O mestre parou de falar e passando a mão pela testa gotejante de suor virou-se para mim e disse:

— Oh! Filho, não devo me exaltar em sua presença, mas fico tão abalado, tão chocado com tudo o que se passou com seu irmão que não consigo me controlar. Quem viu o meu nobre Renato, todos os anos em pé, reto com a medalha de ouro no peito e aquele sorriso alegre e franco pairando em seu lindo rosto, sente vontade de estrangular esses bandidos. Que eles se encharquem de drogas vá lá, problema deles, mas viciar estudantes, crianças... — e a mão fechada do meu mestre subiu e desceu pelos ares. — Vamos à luta, Roberto. Já sei por onde começar. Depois de sua visita eu fiz um roteiro. Em primeiro lugar vou falar com o Mário.

— Foi isso que pensei também, mestre. Mas não consigo o endereço dele.

O mestre sorriu e tirando do bolso um caderninho disse:

— Aqui está o endereço do Mário: avenida República do Líbano, no 43.

— Oh! Mestre, o senhor é mesmo formidável. Quando iremos lá?

— Eu irei, Roberto. Você é muito criança para se envolver com essa espécie de gente. Basta o que já fizeram com seu irmão. Tratando-se de drogas, tudo é muito perigoso. Confie em mim. Tudo o que puder fazer para exterminá-los eu farei e tudo o que puder contar a um jovenzinho como você contarei. Está bem assim?

— Sim, mestre, como o senhor quiser.

Fomos até a rua e eu parei um táxi para o professor. Assim que ele saiu e eu o vi desaparecer na esquina, peguei outro táxi e o segui, pois também não queria deixar o mestre sozinho com essa gente, porque na turma de Mário havia muitos delinquentes violentos. Eu não ia deixar o mestre me ver. Só queria estar por perto.

Também nunca mais vou me esquecer da avenida larga, cheia de árvores e de casas luxuosas e na porta de uma delas um homem alto, magro, cabelos negros, olhos tristes, rosto pálido que erguia o braço e tocava a campainha. Era o meu adorado mestre. Ele esperou um longo tempo, sem saber que eu estava escondido atrás de uma árvore, até que um empregado chegou e perguntou (da minha árvore dava para ouvir tudo):

— O que o senhor deseja?

— Sou ex-professor do jovem Mário. Vim para uma visitinha.

— Aguarde um momento, vou falar com o pai e perguntar se o senhor pode entrar. Como é mesmo o seu nome?

— Professor Mariano.

Logo mais o empregado voltou.

— Olhe, professor, os patrões não estão, mas eu falei com o seu Mário, e ele disse que o senhor pode entrar. Ele está na garagem lubrificando a moto. É só o senhor seguir pela esquerda e logo o avistará.

O empregado nem acabara de girar a chave no portão e eu já o fazia abrir novamente dizendo que estava com o professor.

— Me atrasei um pouco porque esses motoristas de táxi nunca têm troco... Para que lado o professor Mariano seguiu?

— Por ali.

— Obrigado.

Também ali fiquei escondido olhando admirado para aquele estranho Mário. Onde estaria o jovem Mário que estudara comigo na primeira série? Naquele tempo ele era um adolescente de boa figura, alto, forte, com peito musculoso e pernas de atleta. Custei para reconhecer naquela figura em frente ao mestre, magra, curvada, com o rosto macilento e os olhos envolvidos por manchas arroxeadas, o meu ex-colega de escola. Ele e Renato estavam iguais. A droga estava comendo a carne, a personalidade e o equilíbrio dos dois. Como Renato, Mário também tinha as mãos trêmulas e ria à toa. Não falava duas palavras se não risse delas, e não andava uns metros se não se esticasse todo em passos desiguais. Senti que o mestre também ficara chocado, pois demorou muito para responder às perguntas de Mário, que falava e sorria.

— Então, professor, veio ver que cara tem um ex-aluno depois de ser fichado na polícia? A mesma, não é, caro mestre? Não era assim que o seu queridinho Renato o tratava? Caro mestre. E você dizia: gosto que me chamem de mestre, isso me faz lembrar o tempo em que o estudante via no mestre um segundo pai. Bravo Renatinho, e todos os anos Renatinho empertigava o peito e alguém lhe colocava a medalha de ouro. Ele era o herói. Sempre o melhor, o mais sabido, o mais educado, o mais estudioso, o mais valente. E hoje? O mestre já viu o herói Renato Lopes Mascarenhas? Não viu? Mas eu o vejo sempre. Fui eu que o destruí. Eu que quebrei o ídolo, caro mestre. Eu que o ensinei a se envenenar com drogas para acabar louco ou na cadeia.

Fiquei com tanta vontade de sair do meu esconderijo e quebrar a cara daquele sujeito, mas fiz um tremendo esforço para me controlar, pois só Deus sabia como eu desejava descobrir aqueles traficantes que tinham viciado Mário e uma porção de estudantes.

— Mário, meu filho, você não tem culpa de nada do que aconteceu. Você é uma vítima, ou melhor, mais uma vítima de homens sem coração. Mas existem também homens de bem que poderão tirá-lo da escuridão das drogas. Eu estou aqui para isso. Sou seu amigo. Vim estudar com você um meio para livrá-lo delas.

Mário jogou a cabeça para trás numa risada estrondosa. Depois passou a mão pela testa deixando-a suja de graxa, pois, como o empregado dissera, Mário estava lubrificando sua moto enorme, que, segundo soube depois, havia custado muito, presente dos pais para ele largar a droga, e disse irônico:

— Sempre conservador, hein, meu caro mestre? Você no mínimo está dizendo a todos os alunos trouxas que a juventude entrou nas drogas porque existe excesso de liberalismo, não é? Tenho certeza que você queria que os pais botassem um cabresto na gente jovem e, segurando as rédeas, os conduzissem ao seu bel-prazer. Não é isso, caro mestre? Você preferiria me ver numa corrente do que dopado, não é, querido mestre?

— Não chegaria a tanto, meu filho, pois rédeas e correntes usam os animais e, a meu ver, não pessoas inteligentes e com personalidade. Essas coisas devem ser empregadas no viciado em drogas, pois todo e qualquer tóxico interfere com as transmissões do sistema nervoso

cerebral, afetando as funções cerebrais, provocando agressividade animalesca. Aí, então, filho, é que o único recurso, para o viciado não atacar pessoas inocentes, seria o uso do cabresto ou da corrente.

O rosto de Mário se torceu em caretas.

— Muito esperto, caro mestre, muito esperto! Então, no seu modo de ver e no de uma porção de gente sabida, daqui a algum tempo estarei raivoso, ou melhor, louco.

— Se você continuar a usar drogas, infelizmente isso acontecerá.

Mário ficou por um longo tempo em silêncio, depois sentou-se na moto e, com os olhos fixos no chão, disse baixinho:

— Eles não deixarão que eu pare, mestre (a sua voz saiu triste).

— Já sei, meu filho. Os traficantes o assustam com ameaças de matar pessoas de sua família.

Mário levantou a cabeça assustado.

— Como é que você sabe?

— Tenho feito pesquisas a esse respeito. Mas, em vez deles matarem, você é quem deveria atirar primeiro, filho.

Mário assustou-se.

— O mestre aconselhando a matar?

— Sim, meu filho. O tiro seria de moral, de dignidade, de respeito a outros estudantes. O tiro seria entregá-los à polícia.

— É muito difícil a gente entregar um traficante à polícia. Outro traficante nos mata. Não adianta nada, o negócio era não ter me envolvido com essa gente, não ter me viciado. Agora não adianta, estou condenado.

— Mas podemos evitar que eles viciem outros estudantes. Você nem precisa se envolver. É só falar como agem. Diga com segurança como foi que você se envolveu tão profundamente com drogas. Conte-me, filho, assim você estará saindo um pouquinho desse mundo obscuro.

Mário abaixou novamente a cabeça e nem se mexeu quando o mestre chegou perto e afagou os cabelos lisos e longos.

— Meu pobre rapaz, e pensar que existe em cada esquina da grande São Paulo esse monstro chamado droga, que anda espreitando pobres jovens como você, para jogá-los na lama, onde desaparecerão para sempre. Oh! Deus, ajude-me a encontrá-los e a exterminá-los.

Parecia que eu estava vendo um filme de terror. Assim que Mário ouviu as palavras do mestre voltou a ser gente.

— Não se desespere, mestre. Sente-se aí, eu lhe contarei tudo. Eu o ajudarei. Prometo. Vou lhe contar como entrei na droga. Eu era um menino muito tímido. Isso eu sentia todas as vezes que ia falar com uma garota. Aí um dia, um colega me disse que sabia um bom remédio para isso. Imagine você que com 14 anos não tinha beijado nem uma garota. Havia uma no colégio, a Mara, linda, com grandes olhos verdes e cabelos negros de seda, os dentes uma joia, assim tipo pérola, como cantam os poetas. Ela me dava uma tremenda bola, sorria o tempo todo para mim, mas eu não conseguia nem esticar os lábios para um sorriso. Assim a perdi para um colega que todas as vezes que passava por mim dizia: Oi, bola murcha, a Mara é uma parada, os lábios dela são doces como mel, você não quer experimentar? Foi tudo isso que contei a esse colega que disse saber de um bom remédio, quando outra colega, a Silvana, começou a olhar-me docemente. Então ele me deu um comprimido e disse que era brinde. Isso quer dizer que não custava nada, era só engolir. Juro que me senti mal, quase morri, senti o coração querendo sair pela boca, a cabeça rodava com tonturas. Ninguém pode imaginar como me senti apavorado. Comecei a gritar que estava morrendo e aí o colega, o mesmo do bom remédio, chamou um homem de branco (eu estava na casa do colega) que me disse ser médico. O "médico" me aplicou uma injeção. Acordei mole e abobalhado, aí o colega disse que para eu ficar bem bonzinho precisava de mais um comprimido, mas só me daria se eu lhe pagasse o "médico" e o segundo comprimido. Tudo baratinho, disse ele. Paguei e tomei o outro comprimido e fui ficando meio tantã e agressivo. Então o "médico" me disse que tinha um outro bom remédio que me faria viajar e ver coisas maravilhosas. Eu disse que não poderia viajar, pois tinha hora para chegar em casa. Ele disse que jovens tinham hora para chegar em casa, horário para o jantar, eram frouxos, que as garotas gostavam de homens fortes, tipo machão, que se governam sozinhos. — Você quer ser um bobalhão a vida inteira, segurando sempre a saia da mamãe? Vamos, menino, desperte, quer tomar uma dose de heroína e se sentir um gigante, ou quer continuar aí de bobeira sem garota, sem nada? — E eu comecei a fazer tudo o que eles queriam. Começaram a organizar "festinhas" com muita droga e garotas e quem trouxesse novos adeptos tinha um pouco de droga grátis. Eu consegui levar uns dez meninos do Rio Negro, mas eles nunca davam o que prometiam.

— E você perdeu a timidez?

— Não. Continuo com o mesmo problema. Mas, agora, já não me interessa namorar, pois as garotas fogem de mim. Dizem que sou biruta, pois adquiri uma porção de cacoetes, você entende? Esses movimentos que contraem os músculos do rosto da gente em repuxões medonhos. Agora ficou tudo pior. Que garota vai querer um viciado em drogas? Um viciado que torce a boca, vira os olhos, vira o pescoço, sacode a cabeça e que treme e cambaleia o tempo todo?

— Mas você gostaria de ter uma namorada?

— Agora já disse que não adianta mais, estou morto aos 18 anos, mestre. A droga já me matou, não tenho mais direito às coisas boas dos vivos.

— Ora, filho, nem tudo está perdido. Existe tratamento, não perca a esperança, é só você desejar.

— Já estive internado várias vezes, mestre. Sentia-me bem, estava curado, mas era só sair do hospital e os traficantes apareciam.

— E onde estão eles, filho?

— Em muitos lugares, mestre. Mas o "chefão" mora em uma linda casa, uma mansão na Serra da Cantareira, e é dono de diversas farmácias. É esperto, ninguém vai conseguir provas contra ele, pois farmácias têm direito de vender drogas, o senhor entende, né?

— Sim filho, mas para se comprar em farmácia tem que apresentar receita médica, identidade, deixar endereço. Não acredito que um farmacêutico tenha tanta droga que dê para ser vendida a tantos estudantes. Penso que a farmácia é só um meio para a pessoa traficar. Como é o nome dele, filho?

— Ora, esqueça, mestre. Veja, meus pais estão chegando, nem vou falar por que o senhor veio. Meus pais pensam que ninguém sabe que sou viciado. Você entende, né, mestre?

Enquanto o mestre conversava sobre outras coisas com os pais de Mário, eu consegui sair sem que ninguém me visse e fui direto para casa.

Subi para ver Renato e o encontrei em uma alegre palestra com Cilene. Pelo jeito vi que ele estava completamente desintoxicado, os olhos sem um pingo de vermelho e as palavras saíam desenroladas.

— Oi, Rober, parece que faz anos que não te vejo... Oba, como você cresceu! E que peito musculoso, hein, não, não chegue muito perto que pode pegar pneumonia.

Eu nem liguei para as suas palavras, me joguei na cama e o abracei. Nem se pegasse umas dez pneumonias deixaria de abraçá-lo, pois morria de saudades do antigo Renato. Senti que meus olhos se enchiam de lágrimas.

— Oi, mano, como tudo foi horrível!

— Agora está tudo bem, mano, tudo bem, tudo bem. E para lhe provar que nunca mais provarei drogas vou lhe mostrar o que mais me fez desistir. Cilene, pegue ali na gaveta do guarda-roupa a carta do papai. Sim, Rober, papai me escreveu uma carta que me comoveu profundamente. Leia para nós, Cilene.

A voz meiga de Cilene encheu o quarto.

Filho,
Quando me contaram que você sacudiu a sua mãe na presença de diretores, professores, na presença de seu irmão, senti como se estraçalhassem a minha alma. Espero que isso não aconteça mais, nunca mais. Não encoste nem a ponta do dedo em sua mãe para magoá-la. Nesse momento quero fazê-lo lembrar-se, meu filho, que para sua mãe você é o ser mais precioso da terra. Quando você era pequenino e adoecia, sua mãe passava noites e noites perto de seu berço, sem tirar os olhos daquele nenezinho que ardia em febre, e sem deixar por um minuto sequer que as lágrimas lhe secassem nos olhos. E as noites que se seguiam com sua voz murmurando preces para que Deus não o arrancasse de seus braços, e agora, meu filho, todas as noites que você chega tarde, com os olhos congestionados, cambaleante e com voz enrolada, sua mãe chora sangue de tristeza, torcendo as mãos e batendo os dentes apavorada. Não a martirize mais, meu filho. Peça-me a vida e eu a darei, para que pare com as drogas e volte a amar, a respeitar a sua mãe. Porque o momento mais triste de sua vida será o dia em que Deus a levar. O dia em que você a chamar, oprimido por algum desgosto muito grande, e não ouvir a sua voz, o dia em que se sentir só e precisar daqueles braços carinhosos para o ajudar e não os encontrar. Eu lhe suplico, meu filho, não magoe mais sua mãe, eu também o amo muito, como sua mãe o ama, mais que tudo no mundo. Mas o prefiro morto a vê-lo como está, agredindo sua mãe, desrespeitando seu colégio e seu irmão.

Meu maior desejo é ouvi-lo como antigamente. Com sua voz clara e meiga dizer:

— A bênção, papai — e eu, abrindo o coração, responder:
— Deus o abençoe, meu filho.

Seu pai

EU CHORAVA e Renato chorava.

Cilene procurou nos animar.

— Ei, pessoal, vou pôr uma música, vamos curtir um som.

A música baixa e suave. Me enfiei debaixo dos cobertores bem junto a Renato, como antigamente, e até jantei assim. Só fui para o meu quarto quanto Renato adormeceu, já bem tarde da noite.

CAPÍTULO 8
O TRAFICANTE

PASSADOS UNS DIAS e como não visse mais o mestre, resolvi ir à sua casa.

— Mariano não está, Roberto, não é esse o seu nome? — perguntou-me a esposa do mestre, rodeada das crianças que me olhavam com curiosidade.

— Ele está no colégio?

— Não, ele não voltará mais ao colégio por enquanto, pois está muito doente.

— Doente?!

— Sim. Você não sabia?

— Bem, ele me disse que já estava curado.

— Talvez ele lhe dissesse porque você precisa dele. Mas o médico aconselhou repouso absoluto, pois Mariano está... bem, está... vão pra lá crianças. Entre, Roberto, por favor. Desculpe-me por não tê-lo convidado, estou tão preocupada... Mariano me disse que ia até o alto da Cantareira procurar um farmacêutico. Mas, como eu ia lhe dizendo (olhou ao redor e, vendo que estávamos a sós, continuou), Mariano está tuberculoso.

Quase caí de susto.

— Tuberculoso?!

— Sim, sim, por isso brigo com ele para não sair de casa, mas ele sempre diz que os alunos estão em primeiro lugar. Se pedem favores ele não pode negar, pois gosta de todos, desde os da primeira série até os atuais. Diz que se considera um segundo pai da meninada do Rio Negro.

Saí da casa do meu mestre superdeprimido e passei o dia todo com ele na mente. Aí fiquei pensando: então era por isso que ele tossia tanto e estava tão pálido. Pobre mestre, que grande e nobre caráter, nem dava para acreditar que nos dias de hoje ainda existiam professores que pensam assim. Mas, graças a Deus, existem, ainda que poucos, ainda que um, mas a gente podia vê-lo, senti-lo. Não era miragem. Não, não era miragem.

Esperei uns dias para procurar o mestre. Não fui antes porque fiquei com vergonha da esposa dele. Ela talvez fosse pensar e mesmo falar:

— Que menino chato, já lhe disse que o Mariano está doente e ele continua amolando!

Mas não aguentei e fui.

Era um dia bem frio. Lembro-me que enquanto esperava a porta ser aberta fiquei até dando pulinhos, pois os meus pés eram gelo puro.

— Entre! Entre Roberto, está bem frio, hein? Olhe, Mariano está lá na cama. Não passa muito bem com esse tempo. Vá lá, daqui a pouco levarei um cafezinho bem quente, está bem?

Até sorri por ver que os meus receios eram infundados. Como ela era boazinha!

Na porta do quarto parei meio desconcertado: em quinze dias o mestre havia emagrecido e empalidecido assustadoramente.

— Entre, meu filho.

— Sim, sim, mestre. — Cheguei perto e peguei sua mão escaldante.

— Boas notícias, Roberto. Sente-se aí. Na cama não, filho, você compreende, essa doença. Olhe, naquela cadeira. Puxe-a para mais perto de mim, pois não quero que Lúcia ouça. Ela ficaria muito preocupada. Assim, assim. Agora escute. Encontrei a casa do farmacêutico. O nome dele é Joaquim Bertolini, mas é conhecido por Juca Beto. Conversei com ele, em uma de suas farmácias. Soube que ele procurava um professor de música para sua filha de 12 anos. Fomos à sua casa e ele me apresentou aos filhos, um jovem de 17 anos, a menina de 12 e um outro jovem de 14. Quando ficamos a sós na sala, eu forcei a conversa para droga. Ele me perguntou se eu tinha visto a foto dele nos jornais, dizendo que era traficante.

— Sim, vi. — Menti.

Então ele disse:

— Viu? Então deve calar-se para meus filhos não saberem. Há muito tempo – nenhum dos meus filhos tinha nascido – que saiu isso nos jornais, de lá para cá tomei muito cuidado e meus filhos jamais saberão que sou um traficante. Estou lhe dizendo isso porque ninguém pode provar mesmo. Sou um homem esperto, tenho uma imensa rede de traficantes que trabalham para mim.

— Ele lhe falou tudo isso, mestre?

— Sim, agora estou dando aulas à menina, mas não aguentarei muito, por isso quero que você me ajude filho, pretendo gravar um diálogo com esse homem, desejo que todos os estudantes ouçam e saibam que eles estão sendo objetos desses bandidos, quando compram uma partícula por menor que seja de droga. Pensei muito, Roberto. O negócio é perigoso, pois se ele descobrir não sairemos de lá com vida. Você me perdoa, filho, por eu lhe pedir isso, mas se não quiser me ajudar eu me arranjarei sozinho. Eu o convidei porque você é um menino corajoso. Depois será tão importante esse diálogo. Importantíssimo.

— Mas é lógico que o ajudarei, professor, e não tenho medo nem de morrer se isso for preciso para ajudar a desmascarar esse bandido, juro ao senhor. Fico tão feliz de poder combater esses miseráveis. — Eu me empolgava. — Ah! Desculpe-me o palavrão, mestre, mas estou tão revoltado. Quando devemos começar, mestre? E como saberá que ele vai falar para o senhor o que o senhor deseja?

— Tenho fé no Criador, filho. Só Deus, só Ele poderá nos ajudar. Amanhã, às quinze horas, deveremos estar lá. Mas ainda não consegui arranjar o gravador.

— Eu trago o meu, mestre. Vou pedir também para meu chofer nos levar.

O CARRO FICOU ESCONDIDO em uma rua bem distante da casa do tal Juca. O professor disse ao chofer:

— Vamos demorar um pouco, jovem. Espero que tenha paciência.

— Claro, meu senhor. Pode ir descansado.

Quando já subíamos as escadarias, o mestre disse:

— Roberto, ele não deve vê-lo. Subindo por aquela rampa você vai encontrar uma porta escondida na vegetação. É só virar a maçaneta e entrar. Lá dentro existe uma escada que vai dar perto do estúdio onde conversarei com o Juca Beto.

— Assim que você chegar... O seu gravador é elétrico?

— De pilha.

— Sim, sim, ótimo! Então ponha-o em funcionamento em uma janelinha que separa uma sala da outra. Juca sempre senta lá perto da janelinha. Vá filho, e que Deus o acompanhe.

E foi tudo como o mestre planejou.

O Juca Beto falou tanta coisa que pela primeira vez nos meus 15 anos senti que o sangue nas minhas veias fervia de raiva, sabia também que, se todos os adolescentes do Brasil tomassem conhecimento desse diálogo tão escabroso, ficariam revoltadíssimos, principalmente os que usavam drogas.

Gravei tudo.

Quando eu guardava o minúsculo gravador dentro de minha japona senti que alguém segurava os meus braços para trás, e ouvi uma voz de homem:

— Fique quieto que nada lhe acontecerá, pois meu interesse também é que alguém desmascare esse homem aí. — Assim falando, foi arrancando o gravador de minhas mãos e tirou a fita, dizendo: — Isso aqui vale muito, se você quiser poderei lhe vender. Agora pegue o gravador e venha comigo, só eu sei um jeito de você sair daqui com vida e sem ser pressentido, pois a guarda de Juca já começou a ronda. E olhe que são vários homens.

— Quanto o senhor quer pela fita? Eu compro, deixe ver quanto tenho no bolso. Serve trezentos reais?

O homem caiu na risada.

— Trezentos reais é quanto vou cobrar para fazê-lo sair vivo daqui.

E o homem, pegando os trezentos reais e enfiando no bolso, disse:

— Uns cinco mil reais.

— O senhor enlouqueceu?

— Bem, você faz o diagnóstico que melhor lhe convier. Para mim, tanto faz: não tenho filho estudando, ou melhor, não tenho filho nenhum. Se você não quiser a fita, eu posso jogá-la fora assim, olha.

Ele fez menção de atirar longe.

— Não, não, por favor. Marque um local onde poderei falar com o senhor, eu ou o professor Mariano.

— Esse professor aí se chama Mariano?

— Sim.

— Que safado, disse chamar-se Olegário. Afinal, o que vocês pretendem?

Minha voz estava presa na garganta, também não queria falar mesmo, pois toda vez que abria a boca só prejudicava.

E agora o que seria do mestre? Por que eu não raciocinara antes de falar?

O homem parecia adivinhar meus pensamentos:

— Não se preocupe, mocinho. O tal professor está bem consciente de sua responsabilidade. Se ele diz que se chama João ou Joaquim, ninguém tem nada com isso. Não vou denunciá-lo, não! O que me interessa, como já lhe disse, é o dinheiro. Nem quero saber mais o que vocês pretendem. Olhe, já sei onde marcar o encontro com quem for me levar o dinheiro. Primeiro me diga se você ou esse professor tem condições de arranjar cinco mil reais.

— Meu pai tem.

— Ele dará?

— Se eu pedir, ele dará.

— Seu pai é rico?

— É.

— Ele vai dando dinheiro assim, sem mais nem menos?

— Quando eu lhe disser o que está gravado, ele dará.

— Tem certeza?

— Absoluta.

— Ele não vai arranjar encrenca?

— Não.

— Então, eu os espero nesse endereço.

— Que dia, hem?

— Depois de amanhã.

— *Ok*. Às onze horas da manhã. Está bem? Agora saia por ali, olhe, é melhor sair em disparada enquanto vou lá distrair os guardas.

Corri para o carro e quando o mestre chegou, eu lhe contei tudo. Sua voz era triste.

— E você tinha gravado tudo?

— Tudo, mestre.

Vi que ele empalidecia e, segurando o lugar do coração, começou a tossir.

Coloquei a mão no ombro dele.

— Mestre, não fique nervoso. Papai dará o dinheiro e o senhor terá a gravação. Eu lhe prometo, meu querido mestre.

Ele levou o lenço branco que tirou do bolso do terno à boca e tossiu muito, até ficar vermelho e quase sufocado.

Já mais calmo, disse:

— Obrigado, filho, mas não quero morrer sem ver esta gravação ouvida por todos os estudantes do Brasil ou mesmo do mundo. É impressionante, impressionante o que esse homem falou. Ah!, meu filho, peço ao Criador que abra o coração de seu pai, para que ele possa compreender a grandiosidade dessa mensagem. É preciso que muitos estudantes, que já estejam envolvidos na cegueira das drogas, saiam à luz brilhante do sol. É para isso que devemos lutar, Roberto, e para começar devemos esmagar a cabeça da serpente que está encravada na alma dos traficantes de drogas, assim como o Juca Beto e outros.

— Não se desespere, mestre! Meu pai o ajudará. Agora por favor venha até em casa, gostaria que falasse com o Renato.

ENQUANTO O MESTRE subia para o quarto de Renato, fui à procura de papai.

Contei-lhe, tintim por tintim, sobre o mestre, o traficante e a fita.

Papai ficou olhando muito tempo para um ponto qualquer bem em sua frente e disse com voz clara e firme, mas magoada:

— Não só darei os cinco mil reais, Roberto, mas a minha fortuna toda se isso puder mostrar ao viciado que as drogas podem levá-lo a viver numa obscuridade perpétua.

PEGUEI O CHEQUE de meu adorado pai e, jogando-me em seus braços, o beijei por todo o rosto, só parando quando senti os meus lábios molhados pelas suas lágrimas.

SUBI, DE DOIS EM DOIS, os degraus da escada com o cheque balançando em minhas mãos erguidas bem altas e entrei no quarto de Renato.

— Mestre, mestre, olhe, olhe o dinheiro, eu não lhe disse que papai nos daria? Está vendo, Renato, esse dinheiro é para...

— O mestre já me contou tudo, Rober. Acho a ideia maravilhosa.

Não sei por que senti um gelinho correndo pelo meu coração quando olhei para Renato. Os olhos dele estavam tão duros.

O MESTRE jantou conosco.

Renato quis descer para fazer companhia ao mestre. Parecia que a paz tinha voltado em minha casa. Meu irmão estava alegre e bem disposto. Chegou até a dar sopinha para Rosana e eu fiquei reparando que suas mãos já não tremiam.

Depois do jantar, o mestre tocou piano e Renato puxou mamãe pela mão e começaram a valsar. Eles rodavam, rodavam e depois caíam rindo no sofá e Renato arfava sem parar. Aí mamãe disse que aquela extravagância poderia prejudicá-lo.

— Que é isso, mamãe? Estou forte. E para comprovar isso vou buscar minha bateria. A senhora vai ver que conjunto formamos. — E me puxando pela mão — Venha, Rober, pegue o seu violão.

Tocamos até meia-noite. Papai foi levar o professor e nós fomos nos deitar.

Algum tempo depois, ouvi o carro de papai voltar e ele batendo em nossa porta e entrando para nos abençoar:

— Boa-noite e Deus o abençoe, meu filho (ouvi falar a Renato). Depois veio até meu quarto, e pulei para abrir a porta.

— Por que você tranca a porta, meu filho?

— Sei lá, papai. — Mas aí fiquei pensando naquele dia que Renato me disse para fechar a porta todas as noites.

— Acho que sigo o conselho de Renato, papai, mas agora vou deixá-la sempre aberta.

— Não vejo mesmo necessidade de trancá-la com a chave, filho.

NO DIA SEGUINTE, como ficou combinado, fui ao encontro do homem. Papai pediu para o chofer me acompanhar. O homem não quis aceitar o cheque; então fomos retirar o dinheiro do banco. Assim que peguei a fita, saí correndo e coloquei no toca-fitas do carro.

Respirei fundo quando vi que o homem não nos enganara. A fita aí estava e ao ouvi-la senti uma tremenda revolta tomar conta de todo o meu ser.

Indiquei ao chofer o endereço do professor e estou vendo aqui na minha frente, como naquele dia, o seu rosto. Assim que pegou a fita, seus olhos foram ficando brilhantes, sua face corou e a boca alargou-se num sorriso quase divino.

Mestre, meu bom mestre, nunca mais me esqueci de seu rosto, de suas mãos, de você inteirinho, e sei que nunca mais o esquecerei.

Não será preciso passar perto de algum colégio, ou de ouvir a voz de algum professor para me lembrar dele; estará sempre em meu espírito, porque foi generoso, solícito, corajoso e um grande caráter. Todas as noites, eu agradeço ao bom Deus por existir professores que velam por seus alunos, como ele.

ALGUNS DIAS DEPOIS em cada sala de aula ouvia-se o horripilante diálogo do traficante. O mestre tinha providenciado para que fossem feitas diversas cópias da fita e distribuídas por todos os colégios.

Assim que entrei em minha classe os meninos levantaram-se batendo palmas e gritaram:

— Roberto, Roberto, Roberto — gritavam, e depois aquele negócio de hip, hip, hip, hurra.

Sei que fiquei bem vermelho. Meu rosto esquentava como brasa. Olhei para a mesa e lá estava o mestre Mariano pedindo silêncio. Depois falou:

— Meus alunos. Quase todos que aqui estão foram meus discípulos na primeira série. Isso quer dizer que a maioria me conhece e sabe que os amo como um pai, que aqui estou para defendê-los de um mal terrível, que eu considero pior do que a morte. Se algum de vocês estivesse sendo atacado por um monstruoso inimigo na frente de seu pai, tenho certeza que ele correria e enfrentaria o monstro. É isso que estou fazendo, ou melhor, estamos fazendo, Roberto e eu. Aliás, devemos tudo ao jovem Roberto, que passou por tremendos perigos, para conseguir trazer até vocês, meus caros estudantes, o mais sensacional diálogo do mundo. Esse terrível monstro, meus caros alunos, é a droga. Agora peço a todos por sua atenção. Assim vocês poderão compreender que o viciado é um joguete nas mãos dos traficantes.

A gravação começou e os meus olhos não largavam Renato, que apresentava um imenso nervosismo. Torcia as mãos e passava de minuto a minuto a língua nos lábios.

Vou transcrever a gravação no ponto que interessou a todos os estudantes que a ouviam com tanta atenção que sentiam medo até de respirar.

As vozes que apareciam na gravação eram do mestre e do Senhor Joaquim Bertolini. O mestre falava:

— Senhor Joaquim...

— Apenas Juca, me chame de Juca.

— Pois bem, Juca, quantos anos você tem?
— Tenho 39 anos, sou casado há dezoito anos.
— Tem filhos?
— Dois rapazes, um com 14 anos e outro com 17 e uma garota com 12.
— Você já esteve preso por tráfico ilícito de drogas?
— Já.
— Você é mesmo um traficante?
— Sou.
— E seus filhos sabem?
— De maneira nenhuma.
— Juca, você já usou drogas?
— Deus me livre de tamanha peste.
— E seus filhos?
— O senhor está louco! Meus filhos nunca viram a cara de qualquer droga.
— E se um de seus filhos se viciasse em drogas, o que o senhor faria?
— Eu? Eu o mataria.
— Por quê?
— Ainda o senhor tem coragem de perguntar? As drogas são piores do que o câncer, enraízam no corpo da pessoa e comem até o cérebro.
— Já que a droga é tão nociva assim, por que o senhor a espalha, prejudicando e levando à loucura e à morte tantos adolescentes?
— Porque é um comércio, o meu meio de ganhar a vida.
— Mas por que vicia estudantes, muitos ainda tão crianças, 14, 15, 16 anos?
— Porque nessa idade eles são uns bobalhões, uns pretensiosos, que querem usar drogas para se revelarem machões e se exibirem diante das garotas. São uns bolas murchas, não têm a coragem do macho que é tão importante para levar papo com as garotas, então apelam para as drogas.
— Você acredita que a droga ajuda os jovens a falarem com a garota escolhida?
— Que nada, a droga só prejudica. O senhor quer saber de uma coisa? Olhe que lhe digo com a experiência de 25 anos de tráfico, e então sei muito bem o que o rapaz sente assim que começa a usar a droga, pois conheço milhares. Ele fica com a respiração e a pulsação mais fracas, a pressão arterial e a temperatura do corpo diminuem,

os olhos ficam vermelhos, as pupilas paralisadas e as pálpebras descontroladas. Que garota irá dar bola para um cara desses? Mas é bom que pensem que ajuda, pois com o seu dinheiro fico cada vez mais rico.

— Você é rico?
— Sou milionário.
— Só de drogas?
— Só traficando drogas.
— De onde você obtém mais lucro vendendo drogas?
— Nos colégios.
— Como se vicia uma pessoa?
— O meio mais simples e fácil, como lhe falei, é viciando estudantes. Comumente se oferece um cigarro de maconha ou um comprimido de qualquer droga dizendo sempre que é para aliviar qualquer dor, ou para lhe dar coragem nos exames.
— Você acha que todos acreditam?
— Aqueles que não acreditam começam a usar a droga por curiosidade e acabam viciados.
— Você acredita que o viciado, depois de tomar drogas, se sente forte, corajoso e vê coisas lindas, mais coloridas etc.
— Nem continue, pois eu estou rodeado de viciados, todos os meus guardas são viciados e posso lhe garantir que qualquer viciado em drogas torna-se sonolento permanentemente, fraco nos estudos e não tem vontade de sair do lugar, fica mentiroso, grosseiro, descontrolado, insolente e sexualmente fraco. Não respeita nem Deus, pais ou família, enfim podemos dizer que se torna um animal. Já conheci diversos viciados que se tornaram criminosos. O viciado se esquece de si mesmo e daí sobrevém grande desnutrição acompanhada pela falta de higiene, levando-o mais cedo para a morte. O único pensamento do viciado é arranjar dinheiro para comprar droga, quando não consegue com os pais, parentes e amigos, ele vira ladrão. Conheci muitos viciados, todos estudantes, que, não conseguindo droga, suicidaram-se, pois a falta da droga traz uma contração violenta nos músculos e a pessoa não para de se mexer. Outra coisa que também o viciado não aguenta, quando não está dopado, é a tremenda dor nos braços, pernas e estômago. O viciado também não consegue reter alimento ou água no estômago e não consegue dormir, daí perdendo rapidamente peso, tudo isso, eu lhe garanto, acontece com meus fregueses.

— Não entendo como você, conhecendo todos esses tétricos males, ainda continua com esse monstruoso comércio. Você não sente dó nem piedade por esses estudantes?

— Não. Sinceramente eu os desprezo, porque eles é que estão se destruindo. Se eles não quisessem se viciar, não se viciariam. Duvido que algum traficante convença meus filhos a se viciarem, a provar drogas. Os meus filhos têm um grande caráter e não se deixarão iludir, não são uns frustrados como esses idiotas estudantes que acreditam que a droga poderá fazê-los corajosos, machões.

A FITA TERMINADA, e os estudantes na mesma posição, cobertos pelo mesmo silêncio. Foi meu irmão quem se levantou primeiro e, branco como cal, saiu correndo da sala.

RENATO TELEFONOU que não viria jantar, e quando mamãe perguntou onde ele estava e com quem ia jantar, ele disse que estava na casa da Cilene. Mamãe ficou bem mais alegre, dizendo:

— É, dessa vez o meu Renatinho criou juízo.

Como sempre depois do jantar ficamos na sala de música, com mamãe preocupada com suas novelas, papai lendo o jornal, a Rosana com vários brinquedinhos, sentadinha no tapete, sob o olhar da empregada, e eu fazendo um relatório do "Eu sou seu amigo" que agora funcionava fracamente sem a presença de meu irmão.

Uma meia hora depois a campainha tocou e o mordomo anunciou:

— Dona Lídia, o casal Freitas Cardoso e a senhorita Cilene.

Isso queria dizer que estavam ali na frente os pais de Cilene e Cilene. Meu olhar passou atrás deles à procura de Renato, mas nem adiantava procurar, pois mamãe já indagava aflita:

— E Renato, não veio com vocês?

Cilene disse:

— Não, não. Mamãe e papai vieram para uma visitinha a Renato.

Depois pensou um pouco.

— Mas o que foi que a senhora disse? Renato não veio conosco? Mas se ele não estava lá em casa!?

Onde estaria Renato? Mamãe já não podia mais se controlar e como sempre, desde que meu irmão se envolvera com drogas, acabou chorando.

Todos resolveram esperar a chegada de Renato e lá pelas duas da manhã ele entrava completamente drogado e xingando todo mundo numa voz rouca e enrolada, e revirando os olhos em brasa. Além disso, ficou furioso com a Cilene por ela e seus pais quererem se intrometer em sua vida.

Cilene procurou discutir o problema logicamente.

— Se você não está gostando de que eu esteja até esta hora na rua, por que você está?

— Porque eu sou homem, ora bolas. E homem dos verdadeiros para quebrar a cara da noiva que se intromete em seus problemas particulares.

Cilene gritou, vermelha de raiva:

— Noiva não, ex-noiva, seu meio-homem, subumano, está ouvindo? É isso que você é.

E quando Renato foi cambaleando em sua direção, nossos pais correram e seguraram o meu irmão e o levaram para a cama.

Foi o fim do noivado de Renato e o começo do seu fim, pois daí para diante Renato se aprofundou mais e mais no lamaçal da droga. Ele não aceitava mais conselhos de mamãe, e quando papai procurava argumentar qualquer coisa, ele respondia aos gritos e jogava para o chão tudo o que estivesse ao alcance de sua mão.

Uma noite acordei quando a porta de meu quarto começava a abrir bem devagarinho num rangido de arrepiar os cabelos. Eu já andava meio traumatizado com as brigas de meu pai e Renato. Ficava assustado por qualquer coisa, com o coração batendo com tanta força que parecia que ia saltar pela boca e era assim que me sentia na hora em que a porta se abriu. Procurei acender a luz, mas acho que procurei com tanta força que o abajur caiu.

— É você, papai?

Uma risada estranha e fininha encheu o quarto.

Sentei-me na cama.

— Quem está aí?

Só a risada.

Aí gritei:

— Papai, papai.

A luz invadiu o meu quarto e vi aquela figura alta, magra, barbuda, cabeluda, suja e custei a reconhecer nela meu irmão, enquanto ele dizia:

— Assustado, maninho? Que é isso, hein? Você deveria estar assustado quando estava se intrometendo nos negócios dos traficantes, você sabe que...

— Que está acontecendo, meu filho?

Papai entrou no quarto e vendo Renato daquele jeito deu uns passos para trás.

— Já lhe disse que não quero vê-lo sujo, barbudo, com esse cabelo embaraçado.

— Tá, tá, tá, tá bem, velho, amanhã corto, lavo, faço tudo, mas agora deixe-me conversar com Roberto.

— Essas não são horas para conversar, vá deitar-se, pois seu irmão terá aulas amanhã. Já que você abandonou os estudos, respeite os estudos de Roberto. Vamos, vamos para a cama.

— Deixe-o, papai, eu também gostaria de falar com Renato, pois há dias que não o vejo. Por favor, papai.

— Está bem, filho, mas não falem muito alto. Mamãe poderá acordar. Dorme sob o efeito de calmantes, pois está sofrendo muito.

Papai saiu, fechando a porta.

— Continue o diálogo, Renato. Você dizia que eu deveria me assustar por me intrometer na vida dos traficantes, mas há muito tempo que não me preocupo com isso, pois todos os que usavam drogas lá no Rio Negro, depois que ouviram aquela gravação, deixaram a droga, e agora qualquer pessoa que vai lá oferecer cigarros de maconha ou outra droga sai de lá acompanhado. Ontem quase lincharam um sujeito.

— Pois é sobre isso mesmo que quero falar com você. Olhe aqui, Rober, a turma que passa drogas já sabe que você e o professor Mariano são os responsáveis pela queda da venda e está espumando de raiva. Mandaram-me lhe dizer que amanhã o professor Mariano terá uma desagradável surpresa e que se isso não lhe servir de lição, para ser mais franco, se você não parar com isso, com essa frescura de querer bancar o salvador do mundo, eles aparecerão por aqui.

Fiquei olhando o meu irmão de boca aberta.

— Pô, Rober, também não precisa ficar duro de medo, eles não estão aqui, eles virão aqui. Guarde a tremedeira para essa ocasião, para quando eles estiverem aqui com o revólver apontado para o seu coraçãozinho.

— Você está redondamente enganado, caro Renato, o que me deixa paralisado é ouvir essa conversa de sua boca. Não posso compreender como você está descendo tão rapidamente!

— Descendo?

— Você entendeu.

— Juro que nessa atolei.

— Descendo na cara — com a mão aberta bati várias vezes no meu rosto. — Isso aqui, Renato, caráter, rosto. Cara que a gente tem que levar levantada, bem alto, enfrentando o olhar das pessoas honestas, dignas e responsáveis.

Renato andou pelo quarto de cabeça alta e, com passos trôpegos, foi falando:

— E por que não posso levantar a cara, hein, maninho?

— Porque você a perdeu, Renato.

— Perdi — ele ria alto. — E onde está ela?

— Está escondida atrás do seu vício.

— Ah, e você está querendo afastar o vício, não é mesmo? Mas precisa crescer e aparecer bem para isso. Não vê que ainda é uma criança? Não vê que qualquer um dos traficantes o esmagará só com um aperto de mão? Agora estou falando sério, Rober, não se envolva mais com essa gente. Já chega que eu tenha caído nas mãos deles e não possa sair.

Levantei-me e coloquei a mão no ombro do meu irmão.

— Você pode sair, sim, Renato. É só falar a papai quem o ameaça. Papai resolverá tudo. Confie nele e volte a ser aquele menino bom e generoso.

Renato sacudiu tristemente a cabeça e, sem responder, saiu do quarto.

ASSIM QUE CHEGUEI ao colégio corri para a sala do mestre Mariano, para lhe contar tudo o que acontecera durante a noite, mas vendo-o tão entretido explicando uma lição às crianças, deixei para conversarmos depois da aula.

Na saída, procurei o mestre e o vi na calçada rodeado por um bando de crianças, seus alunos, que falavam, riam e o tocavam. Corri para lá e quando ele me viu, levantou o braço num aceno e a boca se abriu num sorriso, que não chegou a se alargar, mas, sim, se transformou em um misto de dor quando alguma coisa acertou a sua testa. A mão que me acenava antes pousou na testa e saiu cheia de sangue. Todos os estudantes debandaram, correndo rapidamente daqui e dali. Seguindo em sua direção e de braços abertos, o amparei enquanto ele cambaleava e caía no chão. Então eu gritei:

— Mestre, mestre, socorro, chamem o médico, o médico do colégio!

Olhei em todas as direções para ver se alguém me ouvia e meus olhos se encontraram com os de Renato, que estava acompanhado pelo homem a quem eu dera os cinco mil reais pela fita. Ia levantar-me para ir ao seu encontro, quando ouvi a voz débil do mestre que dizia:

— Foi o Juca... a fita... seu pai... diga a seu pai... não pare... não pare, Rober... combata... combata as dro...

Pensei que fosse desmaiar quando ouvi o médico, que já estava a nosso lado, afirmar:

— Está morto.

Senti mãos afagarem a cabeça do mestre, que estava pousada em meu colo, e outras mãos me levantarem.

— Venha, seu Roberto.

Era nosso chofer.

— Me leve para meu pai, Walter, lá na fábrica de Santo André.

Senti um forte nó na garganta que só se desfez em lágrimas quando os braços de meu pai rodearam o meu corpo.

— Roberto, meu filho, o que há?

Meus soluços, só meus soluços na grande sala de reunião.

— Vamos, meu filho, sente-se aí. Calma, calma. Espere, vou lhe dar um pouco de água. Assim, filho, beba, filho, beba.

— Desculpe-me, papai, não sabia que tinha reunião. — Falei olhando para todos os homens em redor da mesa da enorme sala.

— Que é isso, filho, a reunião, negócios, tudo pode esperar, em primeiro lugar está você, vamos para a outra sala.

— **PRONTO, AGORA** vamos lá, por que tantas lágrimas?

— O mestre Mariano está morto.

— Oh! Filho, sinto muito. Como foi isso?

Contei tudo a papai.

— E quem atirou nele?

— Bem, papai, eu acho que foi o homem da fita, da gravação, ou então...

— Então?

— Bem, papai, na hora em que os meninos debandaram eu olhei em volta e, na direção de onde veio o tiro, vi o homem e o...

— Que há, filho, não confia em seu pai?

— É que, é que...

— Se você não quiser falar o nome da outra pessoa por ela ser sua amiga ou um colega a quem deve respeito, não precisa se preocupar, eu compreendo.

— Papai, juro que não queria feri-lo, mas a outra pessoa era Renato.

Todo o sangue fugiu do rosto de papai e sua voz saiu baixa e trêmula:

— Mas... você tem certeza?! Viu direito, filho? Pense bem, isso é uma coisa gravíssima, um assassinato. Por isso, pense bem.

Abaixei a cabeça, depois a levantei e olhei bem dentro dos olhos de papai.

— Vi direito, papai, era meu irmão mesmo.

Papai mordeu os lábios, apertou os olhos com o indicador e o polegar, ficando nessa posição uma porção de tempo. Aí disse:

— Vamos para casa.

Quando chegamos, Renato já se encontrava trancado em seu quarto.

Papai subiu e bateu uma porção de vezes na porta, até que Renato abriu e, se encostando na porta, impediu papai de entrar.

— Não quero que ninguém mais entre em meu quarto. Se você tem alguma coisa para me dizer, diga aqui mesmo. Entendeu?

Vi que papai apertava as mãos para se controlar.

— Venha ao meu escritório, se é que pode andar.

E Renato, segurando no corrimão, ia descendo degrau por degrau, resmungando com a língua enrolada e quando passou por mim falou:

— Aposto que foi você que foi inventar coisas a meu respeito.

— Eu falei a verdade, Renato, para o seu bem.

— Venha também, Roberto.

Obedeci as ordens de papai e entramos no escritório.

Papai então disse a Renato;

— Meu filho, não sei o que fazer para você deixar as más companhias e as drogas. Eu trabalho o dia todo e quando volto para casa encontro um filho, que adoro com toda a alma, drogado, intratável, sujo e desgrenhado, malcriado e insolente. Esse filho já levou a mãe a adoecer, está prejudicando a educação de seu irmão e da irmã e já está levando o pai a perder a paciência. Vendo que não existe mais comunicação entre esse filho e esse pai, resolvi levá-lo ao Juizado de Menores, isso para não vê-lo fichado na polícia. Já telefonei ao nosso advogado e ele virá aqui em companhia de dois comissários de menores.

Nos olhos de Renato brilhou uma chama de medo.

— Mas o que eu fiz? Juro que não usei drogas, pode fazer um teste sanguíneo. Juro que não tomei nada. Mande, você vai ver que não tomei nada, nada.

— Está certo, Renato, mandarei vir o médico psiquiatra. Ele dirá se você tomou ou não. Se ele disser que estou enganado... Espere, vou telefonar.

Renato pulou e arrancou o fone das mãos de papai.

— Não é preciso, eu juro que vou deixar a droga. Juro por Deus!

— Não fale em Deus, Renato. Não suje o nome Daquele que lhe deu a vida. Você já prometeu diversas vezes que vai largar o vício. Sinto muito, Renato, mas você precisa ser entregue ao Juizado de Menores, como lhe disse, para não vê-lo fichado na polícia. Hoje você se envolveu em um assassinato.

Renato gritava como um louco, batendo com a mão fechada em tudo.

— É mentira de Roberto. Ele tem inveja de mim. Ele sempre teve inveja de minhas medalhas. Eu nem estava lá onde o mestre morreu, eu juro.

Os olhos de papai estavam cheios de piedade.

— Filho, você terá que dizer a verdade ao Juizado de Menores.

— Eu cheguei na hora em que o Aristides ia atirar. Ainda gritei para ele não fazer aquilo, mas ele fez. Eu não tive nada, nada com isso. Você entende? Você entende?

Nisso ouvimos a campainha. Logo depois os passos dos homens da lei de menores.

Eles levaram Renato, e papai disse ao nosso advogado:

— Acompanhe o meu filho. Eu não terei forças.

Mas, quando ouviu a voz gritante de meu irmão implorando:

— Papai, perdoe-me. Papai venha comigo. Não me deixe sozinho, papai... papai.

Papai foi.

RENATO FICOU INTERNADO em uma clínica de recuperação.

Depois disso, ele melhorou bem.

Cortou a barba, cuidou dos cabelos, da higiene e voltou para os estudos, mas em outro colégio. Agora só se dedicava à nova moto, e um pouco aos estudos.

Mas alguns meses depois papai foi chamado ao colégio. Disseram que Renato estava doente.

A doença de Renato era a mesma. DROGA.

Papai o trouxe para casa e ele entrou xingando e ameaçando todo mundo, não respeitando nem mesmo os empregados. E, como sempre fazia, trancou-se no quarto.

Na hora do jantar não quis descer. Mamãe colocou a refeição em uma bandeja e foi levá-la. Logo depois ouvimos seus gritos. Subimos correndo e vimos Renato caído no chão, tentando se levantar. Cada coisa que segurava vinha abaixo.

— Querido, olhe as paredes. Olhe.

Segui o olhar de papai e até me arrepiei.

O quarto se transformara num mundo de horror.

No lugar do quadro de Jesus entre as ovelhas, estava a figura de um rosto, monstruoso, com a boca escancarada, escorrendo sangue.

Renato conseguiu levantar-se e, olhando para mamãe, disse, apontando as figuras:

— São esses meus companheiros agora: demônios, entes assustadores, esqueletos, velhas com os olhos saltados e *hippies* com os cabelos eriçados. São essas figuras que aí estão, que ficam dentro de mim, que me perseguem por todos os lugares.

Mamãe pegou o rosto de Renato entre as mãos e disse com voz meiga:

— Filhinho, você vê essas coisas horríveis porque está doente e porque usa drogas. Vamos parar com isso, filhinho. Mamãe vai programar uma viagem pelo mundo com você. Aonde você gostaria de ir?

— Para o inferno! Ouviram, para o inferno. — E Renato começou a falar palavrões, chamando mamãe de...

Papai lhe deu uma bofetada.

Renato levou a mão à boca e a mão saiu suja de sangue.

Recuou uns passos e olhando para papai gritou:

— Outra vez que você fizer isso, juro que lhe quebro a cara.

Aí papai se descontrolou e também aos gritos disse:

— Ah! Então você quer ser tratado como um marginal, um criminoso? Quer que eu lhe mostre que também conheço as leis da rua? Pois então só acredita na desordem e na violência? Pois então firme-se que vamos decidir isso no tapa.

Papai arregaçou as mangas e foi em direção ao meu irmão com os punhos cerrados.

— Venha, você não diz que a droga o fortifica e o torna corajoso? — Meu irmão retorcia as mãos com os olhos assustados e papai continuava: — Vai me quebrar a cara, não é? Então vamos lá.

Renato não se movia. Papai chegou perto, agarrou-o com uma das mãos pelo colarinho, esticou o braço para trás e a outra mão fechada veio em direção ao rosto de Renato. Mas a mão parou no ar e papai, com o rosto contraído pela dor, voltou-lhe as costas e saiu do quarto.

Por ordem de mamãe, telefonei para o médico psiquiatra que acalmou Renato e disse que uma viagem ao exterior seria de grande utilidade para combater o vício de meu irmão. Um mês depois, quando voltaram de viagem, assustei-me com a aparência de Renato.

Estava magro e com o pouco que aparecia de seu rosto esverdeado e rugoso. Quero explicar melhor. Do rosto de Renato só se viam a testa e um pouco de cara em volta de seus olhos, porque o resto a barba cobria tudo. Ninguém poderia acreditar que Renato tivesse só 17 anos, com aquela bruta barba. Mamãe disse que ele se portara bem e estava disposto a se regenerar. Pobre mamãe, enquanto falava isso a papai, ouvimos Renato descer em desabalada e aos berros a escadaria.

— Quem foi que tirou os meus quadros da parede? Quem se atreveu a tanto? Onde estão meus quadros?

Ninguém respondeu nada, pois para evitar brigas papai ficou quieto e, pegando mamãe pelo braço, tentou sair para a outra sala. Renato, porém, foi em seu encalço e pegando papai pelo braço gritou:

— Fiz uma pergunta.

— Vá para o seu quarto, Renato.

— Só quando souber onde estão os meus quadros.

— Vá para o seu quarto, já disse.

— O que você disse não me interessa. Saiba que trouxe da Inglaterra um vidro com mais de quinhentos comprimidos de droga, vou lá em cima tomar uma porção, depois volto para você me falar onde estão os meus quadros.

Papai segurou Renato pelo braço e disse:

— Roberto, vá trancar o quarto de seu irmão e me traga a chave.

Enquanto isso, papai procurava levar com paciência meu irmão para a biblioteca, mas ele se agarrava aos móveis, às estátuas, às cortinas, às mesas e gritava:

— Na minha vida ninguém manda, e nem no meu quarto. Se Rober se meter nos meus problemas, torço-lhe o pescoço.

Mamãe tentava conversar com Renato. Ele não lhe dava atenção. Só tinha os olhos voltados para a escadaria e para a chave que eu tinha nas mãos.

— Papai, eu estava brincando. Você não entende? Não tenho droga no quarto, se quiser pode subir e revistar tudo. Juro que estou lhe falando a verdade. Já deixei as drogas. Pergunte à mamãe. Não é, mamãe? Diga se não me portei direitinho na viagem.

Mamãe abraçou papai.

— É verdade, querido. Renato já não é um viciado. Ele prometeu que nunca mais se envolverá com essas coisas. Dê-lhe a chave, Roberto.

— Vou confiar mais uma vez em você, Renato — disse papai.

Meu irmão pegou a chave e, sem olhar para ninguém, correu para o quarto e se trancou.

Meus pais entraram na biblioteca e eu, subindo devagarinho a escada, fui espiar no buraco da fechadura do quarto de meu irmão, e vi que tinha desencostado o guarda-roupa e trouxera de lá de trás um pacote de erva, que repartiu em vários saquinhos de papel. Depois apanhou um vidro cheio de comprimidos e, despejando-os em cima da cama, os contou. Eu sabia que aquilo era droga. Quando Renato começou a telefonar, peguei o telefone, ali do corredor, e ouvi a conversa.

Gostaria de explicar que eu agia assim porque pretendia descobrir tudo a respeito de drogas e traficantes.

Renato disse:

— Desejo falar com o Geraldo.
— Quem é?
— Renato.
— Espere aí, vou chamá-lo.
— Oi, Rena... Como tava o lado de lá?
— Duro, mas consegui quase tudo.
— Posso falar claro?
— Pode, ninguém está ouvindo.
— Então traga tudo para o meu apartamento. Marque o endereço. Rua General Jardim, nº 32, ap. 63. Mas tome cuidado, hein, porque os

tiras andam por aqui. Ontem prenderam o Orlando, aquele que distribui a droga para os estudantes dos colégios e faculdades no centro da cidade.

— Continua preso?

— Continua. Foi autuado em flagrante. A polícia encontrou em seu apartamento grande quantidade de maconha e anfetamina.

— E o caso do professor Mariano, como está?

— A polícia ainda não descobriu nada, mas ouvi falar que um estudante do Rio Negro viu o assassino. Dizem que a polícia já sabe quem é esse estudante e que logo irá interrogá-lo.

— O Juca ou o pessoal dele já sabe quem é esse estudante?

— Penso que não.

— Ah! Escute, Geraldo, quanto é a porcentagem de venda da droga? Essa que eu trouxe da Europa, por exemplo?

— A mesma coisa, trinta por cento.

— Chegou algum pedido para mim?

— De seu colégio, vários estudantes pediram LSD.

— Eu não tenho esse produto.

— Venha para cá, que daremos um jeito. Espere, você tem que arranjar uns dois milhões.

— Para quando? Você entende, cheguei hoje.

— Para mim, o Juca, digamos para depois de amanhã, tá?

— Pra que é o tutu?

— Você não entendeu? Para o LSD. Tem estudante lá no seu colégio que já está em *delirium tremens*.

— Que é isso?

— No fim da picada, ficando gagá, tremendo como geleia, por falta da droga.

— Mas *delirium tremens* não ataca só os viciados em álcool?

— Sei lá. Olhe, venha logo, pois preciso distribuir a minha droga. Espere, espere, quero lhe falar outra coisa. Olhe, fique de olho na turma, que tem muitos policiais se infiltrando na rodinha de alunos, fingindo que são estudantes.

— Tá bem.

Desci as escadas correndo e da janela da sala vi Renato como um bólido zarpar em sua reluzente moto.

Fiquei por muito tempo na janela pensando em como dar aos meus queridos pais mais essa punhalada. Deveria ou não avisar papai? Foi aí que a imagem do mestre apareceu bem na minha frente e eu podia até ouvir a sua débil voz:

— Conte tudo a seu pai, Roberto.
— Contarei sim, mestre, mas não hoje, eles estão feridos demais!

OS DIAS foram passando e eu não tinha coragem de falar com papai, até que uma noite, quando papai e eu chegamos, mamãe disse que havia alguns jovens esperando por papai na sala da frente.

Acompanhei papai até o salão e nos defrontamos com seis jovens, todos vestindo blusões de couro e carrancudos. Um foi logo falando, com ironia:

— Olá, Senhor Engenheiro, viemos até aqui para lhe dizer que seu filho é um ladrão.

— Do que está falando?

— De ladrão, entende?

— Entendi, mas o que aconteceu? — Papai sentou-se resignado quando viu que eles estavam dopados.

— Seu filho, Renato, tem nos vendido produto falsificado.

— Que produto?

— Ah! Então não sabe, né? Vai ver que a linda mansão está cheinha de droga e o papaizinho não sabe que seu lindo filhinho é um traficante.

— Modere o seu palavreado ou saia já.

Papai levantou-se e enfrentou os jovens que tinham ficado em pé batendo uma mão fechada em outra aberta.

— Não sairemos daqui enquanto não levarmos a erva verdadeira.

— Que erva?

— Fale logo, Ringo, senão o cara fica nessa lenga-lenga.

— Pois você entende. Seu filho nos vendeu orégano como maconha e comprimidos inofensivos de remédios, por Seconal. Aqui estão, olha, meio quilo de "maconha" e cem comprimidos de "Seconal".

Papai segurava o lugar do coração, branco como um defunto.

— Vocês têm certeza de que foi meu filho que vendeu a vocês isso aí?

— Absoluta. Você entende, ele nos entregou com as próprias mãos e recebeu o dinheiro com as próprias mãos. Você entende?

A turma caiu na risada.

— E o que vocês querem agora?

— A droga verdadeira. Já disse, entende?

— Isso é impossível, eu não sabia que meu filho traficava drogas.

— Não sabia, hem?

— Não sabia, não. Estou sendo sincero.
— Pois então fique sabendo, entende?

Meu coração pulou quase me sufocando, não me dando coragem nem de me mexer.

— Vai dizer que não sabe que seu filho é um viciado?
— Isso eu sei. Tenho feito tudo para meu filho deixar o vício. Já implorei, já chorei, já o internei no Juizado de Menores, mas nada adiantou.

Enquanto papai falava, eu fui me esgueirando até chegar perto da campainha que estava ligada ao quarto do Walter.

Walter, nosso chofer, era um jovem forte e musculoso que sabia brigar como um leão. Apertei a campainha porque os moços estavam se tornando insolentes e atrevidos. Falavam com papai com a maior falta de respeito. Senti que papai já estava perdendo a calma, quando um dos jovens disse:

— Já que não tem a droga verdadeira fazemos um acordo. Você nos dá os três milhões de reais que demos ao seu filho e pode ficar com isso, o "produto" falsificado. Que acha?

— Não faço nenhum acordo sobre drogas. Peço que se retirem.
— Só depois do dinheiro ou da droga verdadeira, entende?
— Já não disse que não faço esse tipo de acordo?
— Não fará? Então vamos esperar o Renato, não sairemos daqui. Você entende?
— Sinto muito, mas minha família precisa jantar.
— Precisa de ajuda, doutor Mascarenhas?

Walter entrava em companhia do mordomo.

— Obrigado, Walter, mas os jovens estão de saída.

QUANDO FICAMOS A SÓS, papai passou os braços pelos meus ombros e me aconchegou até seu coração, dizendo:

— Agradeço-lhe, meu filho, por você ter avisado o Walter, com isso poupou a sua mãe de mais um desgosto: ver-me expulsar de minha casa jovens, violentamente.

Quando acabamos de jantar, eu disse tudo a papai a respeito das drogas atrás do guarda-roupa de Renato e sobre o telefonema.

— Sei que não foi direito espiar meu próprio irmão, mas pensei que fosse para o bem dele, não é mesmo papai?

— Sim, sim, meu filho, agora venha comigo, mas não devemos deixar a sua mãe ver.

Desencostamos o móvel e só vimos pendurado na parede um quadro. Procuramos por todo o quarto e nada encontramos, mas, quando fomos empurrar o móvel bati com o braço no quadro, que caiu deixando à mostra um buraco cheio de saquinhos de papel. Papai abriu um e cheirou.

— É maconha — disse com uma voz sumida. Depois tirou tudo do buraco e jogou em cima da cama, falando com amargura:

— Veja, filho, cada saquinho tem um nome, idade e nome do colégio. Meu Deus, veja a idade, 13, 14, 15, 30, 40. Minha Virgem Santíssima, com que espécie de gente meu filho está metido? Só espero que não seja ele o iniciador dessas crianças no vício. Renato, o meu filho que era quase um santo virou isso, isso aí? — E meu pai apertou a cabeça entre as mãos, respirando profundamente.

— Oh, Renato, Renato meu filho, onde estão seus olhos límpidos e puros? Por que agora eles estão sempre injetados de sangue? E a sua boca que se abria para palavras cheias de luz, de alegria, e cobertas de colorido? Onde está? Hoje dela só brotam palavrões. Oh! Meu Deus! Dai-me forças para poder tirá-lo de toda essa podridão. Não vê, Senhor, que meu filho está se atolando em uma areia movediça de drogas e daqui a mais alguns tempos estará envolvido pela escuridão tenebrosa da loucura? Tudo isso dói, fere, como se estivessem transpassando meu coração com punhais de fogo. Dói, Senhor, dói muito, não deixe meu filho arrastar para esse lamaçal putrefato outros estudantes para que participem de sua escuridão eterna. Isso não permitirei, juro que não permitirei.

— Papaizinho, não fique assim. Não se desespere. Conheço um jeito para fazer Renato parar com as drogas.

Papai me apertou nos braços.

— Você sabe, você sabe, mas por que não me disse? Fale logo, fale logo.

— Não posso lhe falar ainda papai, mas amanhã o senhor saberá. Não me pergunte mais nada, por favor... eu peço, confie em mim.

Papai jogou fora todos os saquinhos e pediu ao jardineiro para cimentar o esconderijo de Renato.

JÁ ESTAVAM TODOS dormindo, menos eu que ensaiava como haveria de resolver o grave problema que tinha comentado com papai, o de cortar pela raiz o vício de Renato.

Nisso a nossa empregada bateu na porta de meu quarto.

— Seu Roberto, telefone.
— Atendo daqui mesmo, obrigado, Carmem.
— Alô, alô.
— Rober, sou eu.
— Eu quem?
— Eu, ora, não está conhecendo a minha voz?
— Sinceramente, não.
— Por quê?
— Sei lá, nunca ouvi nada igual. Rouca, enrolada.
Uma risada sarcástica.
— É o Renato, seu bobo.
— Renato, mas onde você está? Não tome tanta droga!
— Escute aqui, Rober: não tomei nem mesmo uma particulazinha, nem um pozinho de nada. Estou telefonando para saber o que aqueles caras queriam de mim e se já se arrancaram.
— Acho melhor você vir para casa.
— Eu estava chegando em casa quando vi as motocas dos caras. Eles querem me pegar. Não, não vou para casa, estou aqui com amigos. Escute, Rober, o que eles falaram?
— Papai é que sabe.
— Diga ao papai que é tudo mentira, tudo mentira.
Renato chorava.
— Eles vão me matar, Rober, venha me buscar.
— Onde você está? Está bem, Renato, não chore. Logo, logo estarei aí. Até já!
Fiz como nos filmes americanos, amarrei lençóis e saí pela janela. Agradei os cachorros e pulei as grades. Esperei táxi um tempão.
— Que horas são?
— Três da manhã. — O chofer brincava. Era um senhor bem simpático. Por isso me animei e lhe disse:
— Moço, vou buscar meu irmão que está doente neste endereço, mas não sei se as pessoas que estão com ele o deixarão sair. É uma história meio longa e complicada. Gostaria que o senhor me ajudasse, lhe darei um bom dinheiro.
— Você é menor, não é?
— Sim, tenho 15 anos.
— Não está metido com a polícia?
— Não, não, pode confiar em mim. Olhe, aqui está o cartão de meu pai, se alguma coisa acontecer. Por exemplo, se eu não voltar dentro de meia hora, chame-o por esse telefone. O senhor me ajuda?

— Tenho um filho de sua idade. Ajudo. Sinto que você é bom e que ama seu irmão.

— Olhe, a casa é aquela. Por favor, fique com o carro aqui na esquina. Vou entrar pelos fundos. Não se vá, por favor!

— Pode ir descansado, menino.

O muro era baixo e segui a única luz acesa no andar térreo. Espiei pela janela. Renato falante e alegre andava pela sala em frente de uma porção de homens sentados em diversos sofás e poltronas, incluindo aquele da fita, que bebiam, falavam palavrões e riam sem parar.

— Seu maninho está demorando, Rena! Vai ver que nem vem.

— Calma, gente.

— Vem, ora se vem. — Renato respondia.

— Como é que você sabe?

— Meu irmão gosta muito de mim. Sempre fomos grandes amigos, ainda mais que me viu chorar. Aí é que vem correndo.

— E se ele não vier, você faz o que o Juca mandou?

— Faço.

Um dos homens levantou-se e perguntou:

— Afinal, quem é esse tal Roberto?

— É o irmão de Renato, que me viu atirando no professor Mariano e sabe tudo a respeito do chefe, ou melhor, do Juca. Sabe que é ele o responsável por viciar a maioria dos estudantes e sabe também que o Juca é o maior traficante de drogas de São Paulo. Juca sabe que a polícia pretende interrogá-lo, então quer que ele desapareça.

— Desaparecer como?

— Atropelamento. Assim que o garoto chegar, Renato sai com ele e um de nós pega o carro e o segue, em uma hora qualquer Renato dá um jeito para o irmão ir até o meio da rua, aí...

— E se ele não for?

— Aí Renato será obrigado a viciar o irmão em drogas, iniciará com heroína, aplicando-lhe forte dose.

— É uma boa pedida, pois a polícia não acreditará em palavras de dopados.

— É isso aí. Até que você é bem inteligente.

E a turma ria, ria sem parar, alguns davam palmadinhas nas costas de Renato, que com um cigarro na mão, cambaleava de lá pra cá, falando com a língua torcida.

— É, vocês são inteligentes. Vocês pegaram a mim e a todos esses estudantes que são filhinhos de papai e agora vão pegar Rober. — Seus gritos: — Rober, Rober, venha, venha logo.

Fixei Renato por um longo tempo e não quis acreditar que aquela figura de homem-criança, bêbado, sujo, cheio de drogas, fosse meu irmão e saí de lá correndo com as lágrimas escorrendo pelos meus olhos.

O chofer não quis nenhum dinheiro, disse que se talvez algum dia precisasse de alguma coisa nos procuraria.

Subi as grades. Agarrei os lençóis e precisei abrir a porta para os cachorrinhos, que pularam na cama e me fizeram companhia até de manhã. Eu não conseguia dormir nem um minuto, pensando se iria ou não à polícia.

E a manhã também passei pensando, e a tarde também ia passando e eu ainda não tomara uma decisão.

Quando o nosso motorista veio me buscar eu lhe disse:
— Walter, me leve à polícia.
— À polícia?!

NA DELEGACIA.
— Por favor, meu nome é Roberto Lopes Mascarenhas, sou filho do engenheiro Mascarenhas, desejo falar com o delegado.
— Sobre o quê?
— Vim denunciar um traficante de drogas, que as distribui entre os estudantes, e o assassino do professor Mariano, meu mestre.

O delegado me olhou por muito tempo e depois disse:
— Meu jovem, não diga nada enquanto seu pai não chegar.

Meu pai chegou e entrou correndo na delegacia.
— Roberto, filho, o que acontece?
— Não se assuste, doutor. Roberto veio prestar um grande serviço a São Paulo, ou melhor, ao Brasil. Veio nos trazer o nome do maior traficante de drogas de todos os tempos, um elemento que a polícia da América Latina inteira procura: Joaquim Bertolini. Esse indivíduo tem a maior quadrilha de viciados do Brasil e são esses elementos que se encarregam de viciar estudantes, além disso é procurado por vários crimes. A polícia tudo fará para desmascará-los, apesar de estarem bem acobertados, pois a casa de Joaquim, na Cantareira, é uma verdadeira fortaleza, à prova de balas, tendo nos fundos um heliporto.

Além de helicópteros, possui aviões e no porto, um navio. Tudo isso com o contrabando de drogas. Esse sujeito tem casas em quase todos os países da América Latina, incluindo um hotel em Bariloche. Mas dessa vez o pegaremos, pois essa casa da Cantareira era desconhecida da polícia. Devemos isso a seu filho.

Aí falei tudo sobre o mestre Mariano, dei à polícia o endereço onde Renato estava. A polícia prometeu a papai que levaria Renato para casa.

BEM TARDE DA NOITE, a polícia trouxe meu irmão, que estava drogado, como sempre. Mais uma vez papai o aconselhou e Renato gritou que tomaria quanta droga quisesse.

Mamãe chorou, implorou a Renato que saísse da sala e fosse para seu quarto.

Renato subiu xingando e logo ouvimos um barulhão de móveis se quebrando. Corremos para lá e encontramos Renato com os olhos esbugalhados e uma espuma branca parada no canto da boca. Assim que nos viu, veio gesticulando e gritando:

— Onde está minha encomenda? Quem tirou meus pacotinhos de trás do guarda-roupa? Eu quero torcer o pescoço de quem fez isso.

Papai disse, calmo:

— Eu joguei tudo fora, Renato, pois não vou permitir que você espalhe o vício entre esses pobres estudantes.

— Mas a droga não era minha, era de um homem muito poderoso, muito importante. Ele irá ajustar contas com você, entendeu? Ele é forte e poderoso, ninguém pode com ele. Ninguém, entendeu?

— Esse homem de quem está falando, ou melhor, Joaquim Bertolini, nada mais poderá fazer porque a esta hora já deve estar atrás das grades.

Renato jogou a cabeça para o alto e caiu na gargalhada.

— Ora, papai, não seja burro. Joaquim na polícia? Não me faça rir. Você entende, a polícia nunca descobrirá onde ele mora, pois ninguém tem peito para denunciá-lo. Você entendeu?

— Eu o denunciei, Renato. — Falei com voz firme. — E também contei sobre o mestre Mariano. Contei quem o matou.

Renato parou, estático, abria e fechava a boca sem conseguir deixar a voz sair, até que balbuciou:

— Você se sentenciou à morte, porque a nossa polícia não tem capacidade para prender esse homem que tem mão forte e é mais forte do que o demônio. Agora vou lá, vou contar tudo para ele e vou trazer uma porção de drogas, quero ver quem vai me impedir.

Papai se pôs à frente de Renato.

— A partir de hoje, você não sai mais de casa nem que tenha que amarrá-lo.

Renato ficou meio desconcertado e falou calmo:

— Que é isso, papai? Você não entende a juventude. Os jovens de hoje só querem um pouco de liberdade. Prometo que não irei à casa de Juca e largarei as drogas. Mas você tem que me deixar sair. Irei só conversar com meus amigos, correr de moto. Você entende?

— Não entendo, não. Se você sair desse quarto, vamos resolver no tapa. Venha Lídia, e você também Roberto.

Mas Renato nem ligou, empurrou papai e ia começar a descer a escada, quando papai gritou:

— Pare, Renato.

— Já disse que vou sair.

Aí papai lhe acertou um murro no rosto. Os dois ficaram se olhando, os olhos de Renato surpresos e os de papai cobertos de tristeza.

Renato se trancou no quarto e só saiu no dia seguinte e ficou desesperado quando leu nos jornais que o homem forte e sua quadrilha estavam presos.

OS DIAS PASSAVAM e meu irmão ficava cada vez mais agitado, pois não tinha onde achar drogas. Um dia papai foi chamado à polícia. Renato roubara, à mão armada, drogas em uma farmácia.

Era a primeira prisão de Renato, mas como era menor foi entregue a papai e mais uma vez ele prometeu deixar o vício e que não sairia mais de casa.

Por alguns dias Renato voltou a ser o Renato dos outros tempos, até começou a se alimentar e a engordar. Conversava animadamente comigo, brincava com Rosana e tratava dos cachorros.

Mamãe já não chorava tanto e nos lábios de papai renasceu um tênue sorriso.

Mas uma noite acordei com um barulho estranho bem debaixo de minha janela. Era Renato que enchia um regador de água e depois de enchê-lo se perdeu pelo jardim. Rápido amarrei os lençóis e o segui e o vi regar uma porção de plantas bem escondidas atrás das árvores. Era maconha.

Papai não queria acreditar. Arrancou tudo. Renato ficou furioso e ameaçou papai com uma pá. Depois chorou e pediu desculpas.

— Acho que estou enlouquecendo como o Mário — falou, apertando a cabeça.

De fato, Mário estava internado em uma casa para drogados, completamente louco.

As lágrimas de Renato fizeram renascer no coração de meus pais uma esperança, que durou pouco, pois Renato começou a receber amigos mal-encarados que pareciam usar drogas. Ficavam horas e horas ouvindo música alta exigindo que os empregados lhes servissem refrigerantes, sanduíches e petiscos o dia todo.

Papai proibiu os amigos de Renato de ficarem no quarto, permitindo-lhes que usassem o salão de festas, mas Renato não obedeceu e se trancou no quarto com uma porção de rapazes. Papai chamou a polícia e pediu que retirassem os jovens e revistassem o quarto de meu irmão. A polícia encontrou uma porção de maconha com os rapazes, que disseram tê-la comprado de Renato.

Renato jurou que era mentira, que a droga era dos estudantes e que eles é que eram os traficantes.

Foi a segunda prisão de Renato.

— Terceira não haverá — disse papai, quando a polícia lhe entregou Renato, pois vou interná-lo e você só sairá de lá quando estiver curado. Walter, siga para a clínica.

Renato pulou para fora do carro e saiu em desabalada carreira.

Walter tentou segui-lo, mas ele se perdeu na multidão.

NUMA NOITE ESCURA, chuvosa e fria, Renato voltou.

Acordei com o barulho ensurdecedor das motos. Desci as escadas correndo e encontrei-me com papai, mamãe e todos os empregados que, estarrecidos, olhavam dezenas de motos conduzidas por jovens cabeludos, barbudos, que as faziam correr pelo jardim, esmagando as plantas e quebrando as flores e estátuas.

Os cachorros corriam e latiam em volta de uma delas e então eu reparei que era Renato que gesticulava e dava ordens aos motoqueiros.

Papai fez menção de sair e mamãe gritou:

— Pelo amor de Deus, querido, eles estão dopados.

Eu corri e liguei para a polícia, que chegou logo em seguida e fez a turma desaparecer, menos Renato, que se escondeu em seu quarto.

Depois o silêncio. Os empregados foram para seus aposentos e nós íamos subindo as escadas quando Renato apareceu no topo e dirigindo-se a papai gritou:

— Você errou mais uma vez chamando a polícia. Agora vou procurar o seu revólver e você vai ver. Entende? Entende?

Renato estava com as feições retorcidas e suas mãos tremiam sem parar enquanto procurava segurar a maçaneta para abrir a porta do quarto de meus pais.

Mamãe correu, gritando:

— Filho, não faça isso! Nós o amamos muito. Nós queremos interná-lo para o seu próprio bem.

Papai segurou a mão de mamãe, para ela não chegar perto de Renato e disse-lhe:

— Ele não encontrará o revólver, meu bem, pois ele está aqui no bolso do meu roupão. Coloquei-o na hora que ouvi aquele barulho infernal no jardim.

— Graças a Deus! Oh! Querido, que vamos fazer?

— Não fique assim, querida. Vá para a biblioteca, eu falarei com ele.

Papai começou a subir as escadas, mas mamãe o segurou, pois do quarto vinha um barulho imenso de gavetas caindo, batidas de portas e vidros quebrados.

Depois de um pequeno silêncio, Renato reapareceu no alto da escada, gritando:

— Já que não achei o revólver, esse punhal bem afiado mesmo resolve. Você vai me pagar, entende?

Renato começava a descer berrando palavrões.

Papai tirou o revólver do bolso e apontou para o meu irmão. Olhei assustado para meu pai e vi que seu dedo tremia no gatilho. Meus olhos se voltaram novamente para Renato que, espumando e destilando ódio nos olhos vermelhos como fogo, cambaleava a cada degrau. Quando viu o revólver, gritou, com os braços abertos:

— Atire, atire, atire...

— Pare, Renato, se você descer mais um degrau eu atiro.

Renato desceu e eu corri para ele, arrancando-lhe o punhal da mão, mas ele me acertou um pontapé, que me fez rolar a escada.

Mamãe correu em meu socorro. Papai nos afastou e foi em direção a Renato, que conseguira apanhar o punhal que eu deixara cair na queda e com ele bem alto na mão levantada avançava, gritando:

— Vou lhe esmagar os miolos, Roberto, seu bastardo. Se você não fosse dedar à polícia, Juca não seria preso e eu teria onde comprar drogas. Agora, sou obrigado a roubar para isso. Mas não adianta Juca ser preso. Outros traficantes estão por aí e duvido que haja outro estudante para denunciá-los, porque eles saberão que esmaguei o estudante que se atreveu a fazer isso. Vou matá-lo, Rober, vou matá-lo.

— Pare, Renato — papai dizia.

Renato avançava e já estava bem perto de papai quando o tiro o alcançou, fazendo-o cair sentado na escada, segurando fortemente o punhal que depois foi soltando devagarinho e levando a mão ao peito, olhando com olhos arregalados o sangue que avermelhava os seus dedos.

Envergou o corpo para o lado e sua cabeça pendeu para a frente.

Mamãe, petrificada, olhava tudo sem poder se mover. Papai correu para Renato e sentiu seu pulso.

Voltou-se e veio devagarinho em nossa direção e com lágrimas a lhe banhar a face dolorida, disse em voz sofrida:

— Querida, matei nosso filho, peço-lhe que me perdoe.

DEPOIS PAPAI PEGOU carinhosamente o corpo de Renato e com passos firmes subiu as escadas e desapareceu em seu quarto.

Algum tempo depois apareceu em cima da escada e disse:

— Roberto, faça-me o favor de chamar a polícia.

Quando a polícia chegou subi junto e até perdi a fala, quando olhei Renato esticado na cama de papai, com o rosto bem barbeado e os cabelos cortados e bem penteados. E na boca um tênue sorriso de paz.

AGORA MEU CORAÇÃO não está tão pesado de amargura, porque eu sei que você, estudante, que acabou de ler a minha carta, não vai aceitar cigarros e comprimidos, principalmente de pessoas estranhas. Amanhã quando qualquer traficante bater à porta de seu colégio, para iniciar você ou seu amigo neste terrível vício, que destruiu minha família, você levantará a cabeça, estufará o peito e com passos firmes entrará na delegacia mais próxima para denunciá-lo.

Sei que Deus lhe dará essa coragem.

São Paulo, 10/7/75

EPÍLOGO

HOJE PAPAI foi julgado.
    O juiz se levantou e disse:
    — Rubens Lopes Mascarenhas, você é inocente, pois você não foi o assassino de seu filho. O assassino de seu filho foi a... droga.

A autora e sua florzinha.

ADELAIDE CARRARO
1936-1992

Adelaide Carraro nasceu em 30 de julho de 1936.

Ficando órfã aos sete anos, foi viver em um orfanato na cidade de Vinhedo, interior de São Paulo.

Seu primeiro texto que chegou a ser de conhecimento público foi a crônica "Mãe", que lhe rendeu um prêmio aos treze anos de idade.

Adelaide Carraro faleceu em 7 de janeiro de 1992, deixando uma obra bastante extensa, com mais de quarenta livros escritos, tendo mais de dois milhões de exemplares vendidos, entre eles *O estudante*, *O estudante II*, *O estudante III* e *Meu professor, meu herói*.

A história não acaba aqui

O ESTUDANTE II

Foi a grande dose de emoção e, também, o profundo exemplo de compreensão humana que fizeram com que o livro *O Estudante*, de Adelaide Carraro, atingisse seu objetivo: o alerta aos jovens, pais e professores sobre as armadilhas da droga. Em *O Estudante II*, a história de Roberto, Rosana e dona Lídia continua.

O pesadelo, outra vez

O ESTUDANTE III

Vingança e racismo voltam a trazer transtornos à família Lopes Mascarenhas. Em *O estudante III*, momentos de angústia e aflição espreitam a vida de Roberto e Rosana, dando origem a novos dissabores. Adelaide Carraro, entretanto, demonstra, num texto cheio de alento, sua mensagem de amor, compreensão e otimismo, alertando mais uma vez para o perigo das drogas.

Não deixe de ler também

MEU PROFESSOR, MEU HERÓI

"Meu nome é Fabrício, sou sobrinho de Adelaide Carraro. Meu pai é o engenheiro Eduardo de Castro e minha mãe, Nilda Carraro Sevilha de Castro. Eu já vi coleguinhas que deixaram de brincar, de estudar e de comer. Sabem por quê? Minha tia me explicou uma vez que era por causa de um veneno que os adultos chamam de droga. Eu quis aparecer no livro *Meu professor, meu herói* para dar um recado a todas as crianças. Estes venenos não deixam que sejamos fortes e sadios. Brasileiros doentes e magros não podem trabalhar para um país que queremos que seja grande e forte."